【イラスト】KOHOTKO
ちびっこ転生【毒テイマー】ののんびり異世界ぐらし
ふしぎなもふもふと特殊スキルで、みんなを救う万能薬師になりました

モナ
シャルルを保護したシスター。
自身もショボスキルで
追放された過去を持ち、
シャルルのことを
気にかけている。
シャルル
スキル【毒テイマー】×薬剤師
だった前世知識で、
辺境に薬屋を開くことに。
気ままに辺境ぐらしを満喫中。
チルル
シャルルのスキルで
孵化に成功した、
激レア毒魔物・
トキシンペンギンの
赤ちゃん。
アンシー
シャルルがはじめて
テイムした毒魔物。
シャルルが大好きで
いつも一緒にいる。

CHARACTERS
パンナ
森の中で出会った
毒魔物・アルラウネの
突然変異種。
強力な毒花粉を持つ。
リディア
王国の第四王女で、
魔物が大好き。
シャルルの実家で大きな事故に
巻き込まれてしまい…。

「痺れ毒にはいくつか
種類があります。
有名なのは
テトロドトキシン
やスロトキシン
ですかねえ。
いずれも非常に
強力な毒であり……」
「全然わかりません！」
話せば話すほど！ 話したいことが！
あふれ……出てくるの～！
頭の中では知識がぐるぐると回り、
お喋りがまったく止まらない！

ふしぎなもふもふと特殊スキルで、みんなを救う万能薬師になりました

青空あかな

【イラスト】konoike

目次

第一章：外れスキルと前世の記憶…… 4
間　章：とある商談…… 38
第二章：天上天下の毒薬師…… 44
第三章：初めての冒険…… 70
第四章：街の風土病…… 108
第五章：王国騎士団と新しい仲間…… 123
第六章：盗賊団…… 144
第七章：行商人と橋…… 158
間　章：視察と自慢…… 184

第八章：不眠の令嬢……194
間　章：小さな希望……207
第九章：アスカリッド家……211
間　章：エイゼンシッツ辺境伯……232
間　章：暗闇……236
第十章：選択……242
第十一章：日常……255
あとがき……260

第一章：外れスキルと前世の記憶

「……シャルル様のスキルは【毒テイマー】です。毒を持つ魔物なら、なんでもテイムできるスキルでございます」

スキル判定教会に、神父さんの声が厳かに響く。その言葉を聞いた瞬間、僕は嬉しくなり、思わず同席していた父上とダニエル兄さんを見た。家族に望まれたテイマースキルだったから……。

でも、二人の反応は僕が思っていたのとはまったく真逆だった。父上は猛獣のように僕を睨むと、教会が揺れるほど激しく叫ぶ。

「【毒テイマー】なんて、アスカリッド伯爵家始まって以来聞いたこともないぞ！　外れスキルを授かるとは何事だ！　貴様の存在自体が大外れ！　殺風景な感受性に恥を知れ！」

「うわぁっ！」

す、すごい大声でいらっしゃいますね。教会が壊れてしまいそうだ。というより、殺風景な感受性とはなんでしょうか。父上は韻を踏むことを重要視されているらしく、暴言ですら韻を踏むのであった。

僕は日頃から父上とダニエル兄さんに罵倒されているけど、やはり気分の良いものではない。

そんなこちらの胸中などいざ知らず、父上はなおも僕に韻暴言のシャワーを浴びせてくれる。

「この裏国王たるブノワ・アスカリッド様に恥をかかせるつもりかぁ！　裏国王侮辱罪だぞ！　死刑を求刑！　超死刑！」

「ええっ⁉」

超死刑とはなんですか。というより、裏国王侮辱罪なんて制定されているのでしょうか。

父上はご自身のことを裏国王……つまり、ここテレジア王国を裏から支配する真の国王だと強く思われており、アピールしてくる毎日なのだ。

父上の韻暴言が終わったかと思ったら、次はダニエル兄さんの韻暴言が待っていた。

「弟のお前が外れスキルじゃ、裏王子たる俺王子の格が下がるだろ！　これは大罪！　監獄に滞在！　伯爵家にいられると思ったら、段違いの勘違い！　冷たい監獄でランチ会でもやっていろ！」

「うわぁっ！」

さらっとした金髪を何度もかき上げながら、澄んだ青い瞳で僕を見下す。

今年で十二歳となるダニエル兄さんも父上と同じく韻を重視しており、韻暴言を手足のように操る。おまけに、ここテレジア王国を裏から支配する裏王子だと思っており、常に主張してくるのであった。

あっちも暴言、こっちも暴言。まさしくサンドイッチ暴言。暴言のパンに挟まれた具材の僕は今にも潰れそうだ。とはいえ、僕の出自を考えると二人の言い分もわかる。

授かった【毒テイマー】スキルは、一応テイマー系のスキルだったけど、アスカリッド家に求められる強さではなかったのだから……。


僕は代々優秀なテイマーを輩出してきたアスカリッド伯爵家に生を受けた。ここテレジア王国では、十歳を迎えるとスキルの有無を判定される。

スキルは突発的に発現することもあるけど、ほとんどは血筋や家系などに影響される。貴族の結婚相手には基本的にスキル持ちの人が選ばれるので、その子どもも発現することが多い。

だから、僕も教会に来たわけだけど、結果は〝外れ〟もいいところだった。

アスカリッド伯爵家が繁栄してきたのも、一族が強力なテイマースキルを授かったから。父上とダニエル兄さんだって、【ドラゴンテイマー】という最高峰のテイマースキルを所持しているくらいだ。

次男の僕も強力なスキルを期待されてきたものの、蓋を開けてみれば【毒テイマー】なんていう聞いたこともないスキルでは、父上とダニエル兄さんが怒るのも無理はないだろう。

僕は悔しさに拳を固く握る。

——家族から求められる強さのスキルを授かることができなかった……。

俯く頭上からは、なおも父上とダニエル兄さんの韻を踏んだ罵倒が僕を突き刺した。

「今すぐ消えろ、悪役息子！　貴様はアスカリッド家の悪役だ！　対して私は博学者！」

「そうだそうだ、この悪役弟！　今すぐ消えろ！　外れスキルが地位と名誉の致命傷！　俺王子こそ、王国の司令塔！」

わあわあと降りかかる罵暴言。物心ついた頃からこんな毎日なので、そこそこの耐性はある。こういうときは何も言わず、下手な反抗をせず、ジッと耐えるのが正解だ。

罵倒の嵐の中で静かに耐え忍んでいると、ふと心に思うことがあった。もしかして……。

「この人たちの方が悪役なんじゃ……」

「「なんだと⁉　逆らうとは反作用！」」

「うわぁっ！」

ぽつりと呟いた瞬間、父上とダニエル兄さんの怒りが炸裂する。二人の真っ赤になった顔を見ながら、心の中で額に手を当てた。

——……またやってしまった。

僕は昔から、暴言を吐かれると心の声がぽろっと漏れてしまう癖がある。いい加減直さなければと思うのだけど、どうにもうまくいかなくて困っていた。

やはり火に油をドボドボと注いでしまったらしく、父上とダニエル兄さんはより一層激しく声を張り上げる。

「そもそも、貴様は気持ち悪いのだ！　薬や毒などに興味を持ちおって！　集めたいのか、好奇の目を！」

「そうだそうだ！　薬と毒ばっか好きなお前は気持ち悪い！　お前の人生、一人歩き！」

二人の罵倒で自分が送ってきた毎日を反芻する。

僕は昔から薬や毒に強い興味があり、屋敷にある本を読んだり、訪れた薬師の人から話を聞くのが好きだった。薬は病気や怪我をしたときに飲むものだし、毒だって一般的には怖い印象だ。

そんな物が好きな僕を、父上とダニエル兄さんはいつも気味悪がっていたっけ。

きっと、薬だの毒だのが好きだから、僕のスキルも【毒テイマー】になってしまったんだろう。

とはいえ、嘆いていても仕方がない。自分にできることを精一杯頑張らなければ……。

「父上、ダニエル兄さん。外れスキルを授かったことは本当に申し訳ありません。ですが、僕にも何かできるはず……」

最後まで言い切る前に、父上とダニエル兄さんの罵暴言に遮られてしまった。

「ならん！　シャルル、貴様は今日で追放だ！　私が重視するのはスピード感！」

「そうだそうだ、外れスキルなんかいらない！　できるわけないリカバリー！」

怒濤の攻撃にダメージを喰らうも、それ以上に父上の言った言葉に強い衝撃を受けてしまった。

――っ……追放……？

つまり、家から出ていけってことだ。さすがに唐突過ぎるんじゃ……。

僕が口を開いた瞬間、父上はさらなる処遇を告げた。

「シャルル、貴様にはストレージ・シティへの追放処分を下す。貴様の人生、ノックダウン」

「……えっ」

父上の言葉は追放と同じ、いやさらにそれ以上の衝撃を僕に与えた。まるで、心に隕石が落ちたみたい。

――ストレージ・シティ、別名〝はぐれ者の漂着場〟。

テレジア王国の海沿いにある辺境の街で、居場所のない者が集まる街だ。僕みたいに家や所属場所から追放された人、何らかの理由で住まいを追われた人、はたまた王国や隣国のお尋ね者……、多種多様な背景を持つ人が住んでいるらしい。

治安は悪く、荒くれ者も多いと聞く。そんな街に追放だなんて……。

生きていけるのか、不安と心配で胸が押しつぶされそうだ。

愕然(がくぜん)としていたら、父上は満足げな笑みを浮かべて僕を見下ろした。

「貴様は本当に〝あいつ〟にそっくりで腹が立つ、馬鹿なヤツ」

あいつとは母上――ソニア・アスカリッドのことだ。

母上は虐めてくる父上とダニエル兄さんから僕を守ろうとした結果、アスカリッド領から遠く離れた田舎の実家に帰されてしまった。

全面的に父上が悪いのだけど、男爵と伯爵という身分差を使ってもみ消してしまったのだ。

しょんぼりする僕に構わず、父上とダニエル兄さんは罵倒を続ける。

「わかったら、さっさと出ていけ！　私が持ってる、決定権！」

「お前は二度と戻ってくるな！　猶予があるのは数分間！」

二人の顔と言葉を聞いていると、いやでも実感した。もうここに、僕の居場所はないのだ。

「わかりました。今まで大変お世話になりました」

最低限の荷物だけまとめ、街に行って馬車に乗る。

はぐれ者の漂着場こと、ストレージ・シティ行きの……。

「……ここがストレージ・シティか」
アスカリッド領から馬車に乗ること、十日ほど。
とうとう、あのストレージ・シティに着いた。といっても、今は街の前に広がる森の中からこっそりと様子を見ている。
街の入り口に門はなく、衛兵の類いもいなかった。どうやら出入り自由らしい。自由と言われても、おいそれと入る勇気はまだなかった。住民は大人が多いみたいだし、武装している冒険者風の人もたくさん出入りしている。

やっぱり緊張するね。逃げるように帰ってしまった御者さんからも、前評判の悪さを感じる。

しばらく様子を見るも、だいぶ日が暮れてきた。

森で野宿することも考えたけど、街で宿を探すことに決める。この辺りは魔物も多いと聞くから、寝ているときに襲われてしまうかもしれない。

貴族出身とバレるといろいろと面倒なことにもなりかねないので、念のため土で服を汚してから街に入った。

道は土が剥き出しで人通りも多く、なんだか埃（ほこり）っぽいというのが最初の印象だ。どこか緊張しながら歩いていたけど、十分も歩かぬうちにストレージ・シティのイメージが変わってくる。

——思ったより、活気にあふれている……。

街行く人々はみな笑顔で、お店からは商人とお客さんの明るい声が響く。お店も武器屋や防具屋、レストランに書店など多種多様だ。

何を売っているのかわからない怪しいお店ばかりなのかと勝手に想像していたけど、アスカリッド領とほとんど変わらない。いや、それ以上に元気でいっぱいだった。

思いの外ストレージ・シティは繁栄していたけど、遠目に見える城塞都市に比べれば、やはりここは貧しい土地なのだと実感する。

――エイゼンシッツ辺境伯領。

ストレージ・シティのちょうど東に位置する街で、名領主として知られるクロヴィス・エイゼンシッツ辺境伯が治める土地だ。辺境にも拘わらず肥沃な大地をうまく活用した農業と、豊富な地下資源の交易で王都に負けないくらい発展している。今も城壁の上から立派な領主のお城が見えるし、門から出てくる住民はみな豊かそうな雰囲気だった。

できれば隅っこにお邪魔したかったけど、そういうわけにもいかない。追放先に命じられたのはストレージ・シティだし、僕は追放されたとはいっても元々はアスカリッド伯爵家の人間だ。元貴族でもよその貴族の領地に住むのは許可が必要で、父上たちに連絡が届くとまずい。

僕はストレージ・シティで生きるしかないのだ。まぁ、これだけたくさんのお店があれば、今夜泊まれる宿もあるはず……。

そこまで思ったところで、重要なことに気づいた。

――……そうだ、お金がどれくらいあるか確認しておかないと。

一応、家を出るとき幾ばくかのお金を持ってきた。普段使いのお財布と、貯金用の巾着袋だ。巾着袋には母上がまだ家にいたとき、僕にくれたお小遣いが入っている。お財布の中身は馬車代で空っぽになっちゃったけど、薬や毒の書物を買った貯金の残りがまだたくさんあったと思う。

ところが。件の巾着袋を持った瞬間、やけに軽いことに気づいた。今まで鞄に入れていたからわからなかったのだ。

「……まさか⁉」

中を開くと、そこに広がるは虚無。一テレジアのお金も入っていなかった。なんということ⁉

……いや、一枚だけ紙がある。

文字が書いてあり、誰かからの手紙とすぐわかった。なんだろうね……。

手に取って読んでみると、絶望がこんにちは。

〔お前の金はいただいた。追放の手数料だ。この金で無尽蔵の青春謳歌　裏王子ダニエル〕

お金の代わりに入っていたのは、ダニエル兄さんの韻手紙。

どうやら、お金を回収したついでに、ありがたいお言葉を入れてくれたようだ。もちろん、こんなの読んだところで元気など出ない。むしろ、どっと疲れてしまった。

——いやぁ、困ったな。

店先の看板を見た限り、どこの宿も素泊まりでも最低二〇〇〇テレジアは必要だ。様子を見ていると物々交換でも払えるみたいだけど、汚れた衣服と韻手紙じゃとうてい払えないだろう。

どうしようか悩む間もどんどん日は暮れて、空が藍色に染まっていく。本格的に寝る場所を探さないと野宿になってしまう。

ストレージ・シティは思ったより治安は良さそうとはいえ、さすがに外で寝るのは怖い。盗賊や強盗に襲われたときの、身を守る自衛の武器だって持ってないのだ。街に魔物はいないだろうけど、悪漢の類いはいるかもしれない。

どうしたもんかと歩いていたら、いつの間にか街の奥まで来てしまった。建物が少なくなり、まるで住めないようなボロボロの廃墟が目立つ。

風に乗って薄っすらと海の香りが鼻をくすぐるので、だいぶ街の端(はずれ)に来たとわかる。周りは森が深くなってきたし、一転して閑散とした雰囲気に包まれた。

おそらく、街が栄えているのは中心部だけで、中心から離れるほど辺境らしい不気味な静けさが増すのだ。

そして、見上げる空はもう真っ暗。丸いお月様がこんばんはと輝いていた。

「ああ、とうとう夜になってしまった。いい加減今夜どうやって過ごすか決めないと……ん？」

頭を抱えながら視線を前に戻したとき、一軒の建物が目に入った。三角屋根の上には女神像つきの十字架が立つ、ひどく廃(すた)れた建物。あれは……。

――メサイア聖教の教会だ。

テレジア王国のある大陸全土で普及する、歴史ある聖教だ。この世界を創造したとされる女神メサイアを信仰する教会で、優秀な聖女さんや聖人さんが多数いる。大陸各地に教会があり、人々の幸せと繁栄を願っていた。

メサイア聖教の教会はどこも黄金の女神像つき十字架がシンボルだけど、ここの教会は鉄が剥き出しだ。もしかしたら、荒くれ者やならず者に剥ぎ取られてしまったのかもしれない。教会の状態からも、治安の悪さの一面が垣間見えた。

月明かりに照らされる壁は薄汚れており、メサイア聖教の支部でも寂れた教会なのだろうと予想がつく。

泊まれるかなと思って近づいてみたら、割れた窓ガラスから朧げな灯りがゆらゆらと揺れていた。誰かいるらしい。

――……一晩だけ……宿をお願いしてみよう。

中にいるのは、聖女さんか聖人さんか、はたまた荒くれ者か……。わからないけど、今から街に引き返しても泊まれる宿もない。

深呼吸して気持ちを整え、僕は教会へと歩を進める。

「……こ、こんばんは。どなたかいらっしゃいませんか?」

盗賊や強盗の類いが現れてもいいように、すぐ逃げ出せるような構えを取りながら、教会の扉をコツコツと軽くノックする。

人の歩く足音がわずかに響いた後、カチャリと鍵の開く音がして、木の扉がゆっくりと開かれた。

「はい、こんばんは。……おや、これは珍しいお客さんですね」

蝋燭を持ちながら扉から覗くのは、ザ・シスターという格好の女性だ。

モノトーンの修道服を身につけ、同じく黒っぽいウィンプルからは金色の長い髪が見える。

澄んだ青い瞳からは凛とした印象を受けた。

胸から下がる小さな女神像がついたペンダントから、メサイア聖教の聖女さんだとわかり内心ホッとしながら話す。

「夜間の訪問、誠に失礼いたします。僕はアスカリッド領から来た、旅人のシャルルと申します。大変申し訳ないのですが、一晩だけ泊めていただけないでしょうか。ストレージ・シティに泊まれる宿がなく……。お金……はありませんが、どうにかして宿代は出そうと思います」

「そうですか。それは大変な長旅でしたね。どうぞお入りください。別にお金などいりませんよ。あなたにも女神メサイア様のご加護がありますように」

「ありがとうございます……！　失礼します」

聖女さんはにこやかな微笑みを浮かべて、僕を教会に入れてくれた。

蝋燭の揺れる光に床や壁が照らされると、古ぼけていながらも清潔に保たれていることがわかる。

人の気配はしないけど、聖女さんが一人で切り盛りしているのだろうか……などと考えていると、広々とした食堂に通してくれた。木製の長テーブルと椅子が温かみのある食堂だ。

――……ん？　食堂？

もしかして、僕と同じような来客で部屋はいっぱいなのかな。そう疑問に感じたとき、聖女さんがにこりと微笑んだ。

「お腹も空いているのではありませんか？　衣服も汚れていますし、顔にも疲れが滲(にじ)んでいます。今、温かいものをお出ししましょう。といっても、大した食事は出せませんが」

「い、いえ！　そこまでご厄介になるのはさすがに申し訳ないです！　泊めていただくだけでも大変ありがた……！」

最後まで言い切る前に、ぐぎゅぅっ！　と僕のお腹が鳴ってしまった。気にしないようにはしていたけど、やはりお腹は空いていたのだ。

聖女さんは先ほどと変わらぬ微笑みを浮かべると、「ここで待っていてください」と言い、食堂から出ていく。

五分もするとどこからかおいしそうな匂いが漂い、聖女さんがトレーを持って戻ってきた。

「さあ、どうぞ召し上がってください。遠慮など必要ありませんよ」

「ありがとうございます……うわぁ、おいしそうですね」

湯気が立ち上る肉野菜スープに、茶色くて丸いパン。コップには水まで用意してくれ、聖女さんの心遣いに涙が出そうになる。今すぐ食べたくなるも、僕は料理の前で手を組んだ。

アスカリッド家もメサイア聖教を信仰しており、食事の前にはお祈りを捧げるのが日常だったから。

聖女さんと女神様、両方に感謝の意を示してからいただきたい。

「……女神メサイア様。本日も糧をくださり、また聖女さんに会わせていただき誠にありがとうございます。希望あふれる明日に向け、謹んで頂戴いたします」

食前のお祈りを捧げると、聖女さんが感心した様子で呟いた。

「シャルルさんはお祈りの作法をご存じなのですか。まだ幼いでしょうに立派でいらっしゃいますね？」

「え、ええ、昔から習慣づいていまして……」

伯爵家の出身……と伝えると、余計な混乱を生んでしまいそうだったので、とりあえず伏せることにする。いただきます、と言い、食事を始める。

スープは具材が少なくてパンは硬いけど、アスカリッド領で食べる食事より、何倍もおいしかった。

僕は早食いではないけど、それでも五分も経たずに全て食べ終わってしまったくらいだ。

「……ごちそうさまでした。ありがとうございます、聖女さん。大変においしかったです」

「そうですか、お口にあったようで私も安心しましたよ。……さて、申し遅れました、私はメサイア聖教の聖女、モナと言います。この街の住民はシスター・モナと呼んでくれる方が多いです。ここでお会いしたのも何かの縁でしょう。よろしくお願いしますね」

「こちらこそよろしくお願いします、シスター・モナ」

シスター・モナと握手を交わす。大人っぽく見えたけど、今年で二十歳になると聞いた。

僕は十歳だと伝えると、とても一人で旅をする年齢ではないと、さらに驚かれてしまった。

「では、お部屋にご案内しますね。疲れたでしょう。ゆっくり休んでください」

「すみません、ちょっと待ってください、シスター・モナ。寝る前に女神様へお祈りを捧げさせてくれませんか？　改めて、女神様に感謝の気持ちをお伝えしたいのです」

アスカリッド家にいたときは、毎晩就寝前にお祈りを捧げるのが日課だった。もう家にはいないので別にこの慣習を続ける必要はないのだけど、なんだか気持ち悪いのだ。

……などと思っていたら、突然シスター・モナはがっし！　と僕の手を力強く握った。

「先ほどから思っていましたがっ。……シャルルさんっ、あなたはどこまで信心深い人なのですかっ！」

「えっ！」

「食前のお祈りだけでなく、就寝前のお祈りを捧げてくれるなど、あなたの信仰心に感激してしょうがありませんっ！　ああ、私はシャルルさんのように信心深い方とお会いしたかったのですよ！」

「な、なるほど」

話すたびシスター・モナの熱量は高くなり、僕の手を握る力も増す。

困惑していたら、ストレージ・シティの住民はみな信仰心が弱く、お祈りしましょうと言っても祈ってはくれず聖女としてやりきれない思いを抱えていた……という旨のお話を、シスター・モナはとうとうと聞かせてくれた。

しばらく話した後、嬉しそうなシスター・モナに連れられ礼拝堂にやって来た。

外からは狭く見えたけど中は見た目以上に広く、横長の椅子が部屋の左右に十五脚ほどはある。アーチ状の天井も高く、掃除をすれば今にも立派なミサが開けそうだ。

一番奥には二メートルほどの女神像が飾られ、静粛な空気を生み出している。全体が荘厳な雰囲気に包まれており、礼拝堂に入っただけで自然と背筋が伸びるのを感じた。

僕は女神像の前で床に跪き、真摯に祈りを捧げる。

「……女神メサイア様、今日も健やかに生かしてくださったこと、心より感謝申し上げます。希望あふれる明日も懸命に生きることを誓います……」

アスカリッド家にいた頃より、どこか厳かな気持ちで祈ることができた。優しい人に出会えた安心感があるからかな。

お祈りが終わって立ち上がったら、こちらを見るシスター・モナの視線が鋭いことに気づく。

まるで、何か品定めをするかのような……。

「……シャルルさん、あなたは旅人とおっしゃいましたが、ただの旅人ではありませんね？

扉を開けたときから思ってましたが、その洗練された佇まいや言葉遣いは、とても単なる子どもの旅人とは思えません。例えて言うならば……そう、貴族の令息のような……」

どうやら、シスター・モナは僕が貴族の出身であることに気づいているようだ。旅人なのは嘘ではないけど、全てを伝えた方がいいかもしれない……。

決心を固め、僕はシスター・モナに話す。

「実は僕……アスカリッド伯爵の次男であり……実家を追放されてしまったんです」

「……なんですって」

そのまま、僕は全てを話した。毎日虐げられていたこと、外れスキル【毒テイマー】を授かったこと、そのせいで父上とダニエル兄さんに命じられ、ストレージ・シティに追放されたこと……。

僕の話は礼拝堂に静かに響き、ステンドグラスから差し込む月明かりが僕たちを包み込む。シスター・モナもまた、何も話さず黙って聞いてくれた。

「……これが僕のお話です。黙っていて申し訳ありませんでした。混乱させてしまうと思い、言い出せなかったのです」

「……そう、でしたか……シャルルさんは大変に辛い思いを……されてきたのですね……うっうっ、なんという悲しいお話でしょうか」

「シ、シスター・モナッ！　泣かないでください！」

話し終わるや否や、シスター・モナはさめざめと泣き出してしまった。こんなに追放を悲しんでくれるなんて……。やっぱり、この人はすごく優しい人なのだと実感した。

ハンカチを渡すとシスター・モナは涙を拭き、また穏やかな微笑みを浮かべて告白する。

「実は……私もメサイア聖教の本部を追放された身なのです」

「えっ、そうなのですか⁉」

「はい、私は聖女でありながら【小ヒール】というかすり傷を癒やす程度の弱い回復スキルしか授からなかったんです。外れスキルの聖女はいらないと言われ、教会からも見捨てられたこのストレージ・シティに来ました。シャルルさんと同じで嬉しいです」

まさか、シスター・モナも僕と同じ追放者だったなんて。なんだか、より親近感が湧き心強い気持ちになった。

シスター・モナは涙を拭き取ると、キリッとした顔になって僕の手を再度力強く握る。

「そして、今決めました。私がシャルルさんを立派な大人に育て上げてみせます！　ですから安心してくださいね！　私がストレージ・シティに追放されたのも、シャルルさんを立派な大人に育てなさい、というメサイア様の思し召しだったのです！」

「えっ」

固く拳を握り熱弁するシスター・モナ。打って変わって、大変元気にあふれている。どうやら、僕を育てることに強烈な熱意を持ってしまったらしい。

教育論について熱く語る彼女に続き、教会の二階に上る。全部で三部屋あり、一番壁側の部屋に案内してくれた。

カチャリと扉が開かれると、ベッドにテーブルに椅子という質素ながらも落ち着いた空間が出迎える。

「さあ、こちらがシャルルさんのお部屋です。クローゼットには寝衣が入っているので使ってください」

「ありがとうございます、シスター・モナ。こんなに手厚く迎えてくださって嬉しいです」

「今日はゆっくり休んで、立派な大人になる鍛錬(たんれん)は明日から始めましょう。賢くて良い大人になるには、毎日のたゆまぬ努力が必要です。それではおやすみなさい」

「わ、わかりました。おやすみなさい」

「いつまでも……好きなだけこの教会にいてくださいね」

優しい言葉を残し、そっと扉が閉められた。

寝衣に着替えてベッドに横たわると、空に煌々(こうこう)と輝く満月が見える。窓ガラスは割れておらず、夜の冷たい風が入ってくることもない。きっと、窓ガラスが割れていない部屋を用意してくれたのだ。気遣いにじんわりと胸が温かくなる。

瞳をゆっくり閉じると、自然と思うことがあった。

――置いてくれたシスター・モナに少しでも恩を返さなければ……。

心の中で強く思い、僕は眠りに就く……。

「……シャルルさん、おはようございます。朝ですよ、起きてください」

「うっ……」

コンコンと扉が叩かれる音と、シスター・モナの声が聞こえて目が覚めた。窓から差し込む太陽の光はない。空はようやく明るい青色になりつつある、夜と朝の境界がうやむやな時間帯だ。

――どうしたんだろう、まだ外は暗いのに……。

むにゃむにゃと扉を開けたら、ピシッ！　とした佇まいのシスター・モナがいた。いつもの優しげな微笑みを浮かべたまま、僕に話す。

「シャルルさん、おはようございます。早く支度してください。お祈りの時間です。女神メサイア様もシャルルさんのお祈りを待っています」

「おはようございます、シスター・モナ。……あ、あの、今は何時でしょうか」

「ちょうど朝の四時です」

「よ、四時!?」

予想以上の早朝に激しく驚く。どうりで外はまだ暗いわけだ。今までこれほど早く起きたことはなく、どうにも頭がはっきりしなかった。

そんなことを思う僕に対して、シスター・モナはまったく眠くなさそうだ。

「さあ、顔を洗って、服を着替えて準備をしてください。立派な大人になるには、一分一秒も無駄にすることはできませんよ」

「すみません、まだ眠くて……」

つい本音を言ってしまった瞬間、シスター・モナの顔からスッ……と微笑みが消えた。

——…………え？

「シャルルさん」

「は、はい」

名前を呼ばれただけで、自然と背筋が伸びるのはなぜだろう。優しくて穏やかな聖女さんは姿を消し、代わりに厳しくてシビアな聖女さんがそこにいた。

「私にはあなたを立派な大人に育て上げる使命があります。そのためには早寝早起きを徹底する必要があります。眠いなどと言ってはいけません。……よろしいですか？　そもそも、女神メサイア様への信仰心が強ければ、寝なくても眠くなるはずはなくてですね……」

とうとうと説法が始まる。耳になだれ込んでくるありがたいお話を聞いていると、ふと気がついた。

——……そうだ。シスター・モナは厳しい戒律で有名な、あのメサイア聖教の聖女さんなのだ。

ぐうたらできるわけがない。……いや、別にぐうたらはしなくていいのだけど、せめてもうちょっとだけ起床を遅くしたい。できれば、朝七時……最悪六時でもなんとか……。

「……聞いていますか、シャルルさん」

「はいはいはいっ！　聞いています、もちろん聞いています！」

十分ほど後、どこまでも続きそうだったシスター・モナの説法が終わった。僕は寝ぼけながら顔を洗ったり普段着に着替えたりと、諸々の朝の準備を始める。

礼拝堂に行きシスター・モナと一緒にお祈りを捧げ、質素ながらも健康的な朝食を終え、食器を片付け、礼拝堂と食堂の掃除をしたところで朝陽が燦々と空に昇った。

「シャルルさん、お疲れ様でした。早朝のお勤めはこれにて終わりです。一旦休憩しますか？」

「いえ、大丈夫です。まだまだ動けますよ。お手伝いできることがあったら、何でもおっしゃってください」

宿泊と食事でお世話になっている以上、僕にできることは何でもやるつもりだった。お金もないし、少しでも恩を返したい。

「そうですか……？　でしたら……」

シスター・モナはしばし顎に手を当て考えると、食堂の収納棚から鉄製のバケツを取り出した。

「少し大変かも知れませんが、一つお仕事をお願いしましょう。南に十五分ほど歩くと海があります。少々遠いのですが、これに海水を入れてきてくれませんか？　この教会では海水を毎日沸騰させて、新鮮な真水と塩を手に入れているのです」

「わかりました、任せてください」

鉄製のバケツを受け取る。周囲に川は見えなかったので、どうやって水を入手しているのか疑問に思っていたけど海からだったのか。彼女の細い身体では、持ち運びが大変だろう。

バケツを持って教会を出ようとしたら、シスター・モナが思い出したように僕に言った。

「くれぐれも森には入らないでくださいね。魔物たちの縄張りなので、入ったら襲われる危険性があります」

「わかりました、気をつけます。それでは行ってきますね」

シスター・モナに返事をして、教会を出る。海水の運搬か……毎日やれば、身体を鍛える良い運動にもなりそうだ。道だって街道とはいかないまでも人の通った痕跡があり、迷わず進めるだろう。

南は街の反対側なので街から必然的に離れるためか、周囲の森は徐々に深くなる。昼間でも深部は暗く、ときたま魔物らしき影が動いたりして不気味だった。

体感で十五分ほど歩くと、不意に潮の香りが漂ってきた。遠目には青く輝く大海原が見える。

海に着いたのだ。

早く近くで見たくて、思わず駆け出す。アスカリッド領からも海は見えたけど、海辺に近寄れることはなかったのだ。父上とダニエル兄さんが家から出る許可を出さなかったから。

何はともあれ、海辺で潮の香りを思いっきり吸い込むとすごくリフレッシュできた。今日から新しい人生が始まるのだと実感する。

すぐに海水を回収して教会に戻りたいところだけど、一つ試したいことがあった。

――価値のある漂着物がないか、少し探してみようかな。

海からはいろんな物が流れ着くと聞く。ただの流木だって、拾って帰れば薪の代わりになるかもしれない。森の中に魔物が棲んでいるならば、薪の調達だって一苦労だと思うから。

海辺をしばし探索していると、紫色の漂着物を発見した。丸くてぶよぶよした漂着物。何かのアイテムだろうか。

近づいてみたら正体がわかった。これは……。

――……ポイズンジェリーだ。

触手の先に弱い痺れ毒を持つ、クラゲ型のE級魔物。全長は三十センチメートルくらいと小さいから、まだ子どもかもしれない。全身は傷だらけで傘や腕はしおしおと萎れており、今にも死にそうだ。傘に浮かぶ目も力なく閉じてしまっている。

――こ、このままじゃ死んじゃう……！

急いでポイズンジェリーを拾い上げ、バケツに海水を入れる。シスター・モナに治療してもらおうと思い足を踏み出したけど、ピタリと止まった。

片道十五分はかかったし、バケツに海水を入れて運ぶとなるとさらに時間がかかるかもしれない。間に合わなかったらどうする。

そもそも、【小ヒール】スキルが魔物に効くのかどうかさえわからないのだ。

どうすべきか懸命に考えていたら、とあることに気づいた。

――……ん？　……毒のある魔物？

ポイズンジェリーだって、弱いけど毒を持つ。そして、僕にはあのスキルがあった。

一つの可能性を思いつき、腕の中のポイズンジェリーを見る。

――僕の【毒テイマー】スキルなら……何とかできるかもしれない。

「待ってて、今僕のスキルを使うからね」

テイマースキル全般は、テイムした魔物の体力を全回復できる。外れと言われた【毒テイマー】だって例外じゃないはず……！

腕の中に抱えたポイズンジェリーに手を当てる。深呼吸して気持ちを落ち着けると、全力で魔力を込めた。

「【毒テイム】！」

ポイズンジェリーの身体が白い光で包まれる。昔、父上がドラゴンをテイムしたときと同じ反応だ。

——お願い、うまくいって……！

強く祈りながらなおも魔力を込める。ひときわ輝いた光が収まると、突然ポイズンジェリーが勢いよく飛び上がった。

『か……回復したクラー！』

「うわっ⁉　しゃ、喋った⁉」

ポイズンジェリーは飛び上がると、宙返りしたりくるりと回転したり、空中で自由自在に動き回る。しおしおだった身体は、今や瑞々（みずみず）しいぷるぷるの質感に変わり、活力があふれ返っていた。どうやら、【毒テイマー】スキルがうまく作用してくれたみたいだ。

元気になってホッとしていると、ポイズンジェリーが僕の顔の前にふよふよと移動した。

『ありがとう、あなたのおかげで助かったクラよ。ボクはアンシーと言うクラ。よろクラね』

「僕はシャルル。よろしく。元気になってくれて良かった」

『シャルルは命の恩人だクラ』

アンシーと名乗ったポイズンジェリーの触手を握り、互いに握手を交わす。ぷよぷよしてひんやりした触り心地がとても気持ち良かった。彼もまた魔物ではあるけど、攻撃的な意志はまるで感じられない。きっと、心優しい魔物なのだろう。

……あれ、そういえば……。

「アンシーは人間の言葉がわかるんだね。会話できる魔物とは初めて出会ったよ」

『いや、シャルルのスキルのおかげだと思うクラ。シャルルにテイムされてから、人間の言葉が頭になだれ込んできたから……』

「へぇ～、そんなことがあるんだね。不思議だ」

『シャルルと話せて嬉しいクラ』

一般的に、テイムしても魔物と会話できることはない。何となく思っている内容が伝わったりはするものの、全部はわからないことがほとんどだ。【毒テイマー】スキルは魔物とも話せるなんて楽しくていいね。

元気になったアンシーはふわふわと楽しそうに浮かんでいるけど、水に浸からなくて大丈夫なのかと心配になってしまった。

「ねえ、アンシー。海水に入らなくて平気なの？　乾燥しちゃわない？」

『大丈夫クラ。シャルルにテイムされたおかげで、水の外で暮らせるようになったし、空中に浮かべるようになったんだクラ』

「そっか、それなら良かった」

乾燥しないと聞いて安心する。萎れたアンシーは本当に辛そうな状態だったから。それにしても、僕のスキルはテイム以外にもいろんな効果があるんだね。

――もしかしたら、【毒テイマー】は毒魔物しかテイムできない代わりに、何かしらの副次的効果を付与することができるのかも……。

　スキルについて考えていたら、ふとアンシーが俯き、ぽつぽつと話し出した。

『実はボク……群れから追放されてしまったんだクラよ……』

「えっ……追放……!?」

『うん……』

　アンシーはこくりとうなずき、自分の事情を話してくれた。

　生まれつき身体が小さく群れの中でも虐められてきたこと、暖かい南へ向かう海流に乗るとき置き去りにされそのまま追放されたこと、一人で海中を漂っていたら別の海魔物に襲われこの海辺に漂着したこと……。

　――そんな辛い経験をしてきたなんて……。

　その悲しい境遇に、思わず涙が出てしまいそうになった。

「……アンシー。僕もね、家を追放された身なんだよ」

『えっ、シャルルも!?』

　こくりとうなずき、シスター・モナに話したようにアンシーにも自分の事情を話す。アンシーは目をうるうるとさせながら、最後まで静かに聞いてくれた。

「……というわけで、僕はストレージ・シティに来たんだ。今は街の外れにある教会で、シスター・モナっていう聖女さんと暮らしている」

『まさかシャルルもそんな辛い経験をしたクラなんて……。僕と同じ境遇と聞いて、なんだか安心したクラよ』

ぽろりと落ちた涙を拭うアンシー。自分も辛かったろうに、僕を気遣ってくれる彼の優しさが身に沁みた。

「僕たちは似た者同士なのかもしれないね」

『嬉しいクラ』

打って変わって、にこにこと微笑んでくれる彼を見ていたら、先ほどより思っていたことを話したくなった。

気持ちを整え、真剣に言う。

「アンシー、もし良かったら……僕と友達になってくれない？」

群れから追放されたと聞いて、このまま放っておく気にはなれなかった。何より、もっと一緒にいたい。少し話しただけで、優しくて穏やかなアンシーが大好きになっていたのだ。

緊張しながら答えを待っていたら、アンシーは触手を勢いよく突き上げ、力強く言ってくれた。

『……絶対なるクラ！　シャルルとずっと一緒にいたいクラー！』

「ありがとう、アンシー！」

ぷるぷるの触手を握り、ぐるぐると回って喜ぶ。

僕にも友達ができた！

アンシーと一緒に喜んだとき、ぐるぐる回して触手の先に痺れ毒が凝縮してしまったためか、指先にピリッとした痛みを一瞬感じた。そのピリッとした感覚は頭にも届き、直後、稲妻が落ちたような強い衝撃を受ける。今まで忘れていた重要な事実を、思い出したのだ。ここではない、まったく別世界の記憶を……。

——……そうだ、僕は元々……日本で生きていたんだ！

一度思い出すと、堰(せき)を切ったように記憶があふれ出る。

僕は日本の製薬会社で、薬の開発者として八年ほど働いていた。仕事は好きだったものの労働環境がブラックだったのは、よく覚えている。家に帰れるのは週に一日あればいい方で、ほとんど二十四時間会社にいた。過労がたたった結果、三十歳であえなく過労死。今の今までずっと忘れていた。

同時に、僕が幼少期から薬や毒に興味を抱いた理由も判明した。きっと、ぼんやりと前世の名残があったから、読書をしたり薬師の人に話を聞くのが好きだったのだ。自分に対する理解度が上がった気分で、心臓がドキドキと脈打つ。

——まさか、異世界に転生していたとは……。

知らず知らずのうちに、シャルル・アスカリッドという新しい人生を送っていたというのは、自分のことながら不思議な話だなと思う。

『……シャルル、どうしたクラ？　お腹でも痛いのクラか？』

気がついたら、アンシーが心配そうな顔で僕を覗き込んでいた。

思いの外、長い時間考え込んでしまったらしい。そのつもりはなかっただろうけど、アンシーの痺れ毒が転生の事実を思い出させてくれたのだ。

ありがとうという気持ちも込めてアンシーの頭を撫でると、ぷるぷるとした手触りが迎えてくれた。

「ごめん、何でもないよ。少し考えごとをしていただけだから」

『そっか、安心したクラよ』

僕がいわゆる〝転生者〟であることは、アンシーやシスター・モナを含めたこの世界の人たちには内緒にしておこうと思う。たぶん、説明してもよくわからないだろうし、逆に混乱させてしまうかもしれないから。

前世の記憶を思い出すと、とある考えが頭に思い浮かんだ。僕の、生き方についての考えが……。

「アンシー、ポイズンジェリーは触手の先から痺れ毒を出せるって聞くけど、毒を出すのは大変？」

『別に大変じゃないクラ。まぁ、たくさん出すとなると疲れちゃうクラが……』

「頼んだら少し分けてくれる？」

『毒なんていくらでもあげるクラよ』

アンシーの言葉を聞いて、僕のアイデアが現実味を帯びてくるのを感じる。

——毒薬変じて薬となる。

薬は正反対の存在である毒からも作ることができるのだ。前世でも、生き物、植物、鉱石……本当にいろんな種類の毒から、たくさんの薬を作った。うまく加工すれば、この世界の毒からだって薬を作れるはずだ。

薬の開発者だった前世の経験と、【毒テイマー】という毒魔物をテイムできる今世のスキル。二つを重ね合わせると、一つの職業が浮かび上がった。

——両方を活かして、〝薬師〟になるんだ。僕はこの世界でも毒や薬に触れていたい。人々の役に立てるし、何よりシスター・モナにだって恩返しできる。自分の使命が形になった気分で、強く決心するとともに固く拳を握り締めた。

間章：とある商談

「ああ、あいつの顔を見なくて済むと思うと清々するな。今をもって、私はテレジア王国の専制君主であることを宣言する」

「頭脳明晰な父上の、豊富な経験値に基づくメッセージは重みがあります」

アスカリッド家の談話室にて、ブノワとダニエルは互いに笑い合う。


シャルルが追放されてから、およそ二日後。二人は未だに弱者を追放した余韻に酔いしれていた。逆らえない状況にある立場の弱い人間を安全地帯から攻撃する……、それはまさしくブノワとダニエルにとって理想的な行いであった。

意気消沈して家を出たシャルルの背中は、何度思い出しても最高の場面だ。温かい茶でも飲んで、思う存分愉悦に浸りたい……。

しつこく反芻しては楽しむ二人は、ノックの音で我に返った。

「旦那様、ビラル様がお見えになりました」

扉越しに聞こえた男の声に、ブノワとダニエル双方はひどく不機嫌となる。せっかく楽しい思い出に浸っていたのに、不躾な声とノックの音でぶち壊されたからだ。

単なる使用人ごときが崇高な当主及び嫡男(ちゃくなん)の思考を妨害することは、とうてい許されることではない。

談話室の扉が開かれると、可哀想な使用人はひどく怖じ気づいた。機嫌が悪そうなオークとその子ども……ではなく、ブノワとダニエルがいたのだ。

「おい、お前。私の至高の思考を遮るとは、どういう嗜好をしている。……何も持っていないじゃないか。温かい茶が必要なこともわからないのか」

「お前のせいで俺王子は最悪の気分だ。解釈の自由などとは言わせないぞ」

「し、しかし、ビラル様がいらっしゃったら直ちに呼べと……」

今日、ブノワはビラルという最近知り合った商人との商談があった。ダニエルも一緒に参加する予定である。自宅を訪れたらすぐ自分を呼ぶようにと実際に命じたわけだが、ブノワは全てを自分の都合が良いように考える人間だ。

よって、哀れで不運な使用人は予想もしなかった仕打ちを受けた。

「今月、お前の給金はノーマネー。ルーティーンにならないよう祈っとけ」

「そ、そんな……」

肩を落とす使用人を置き去りに、ブノワとダニエルは肩で風を切って応接間に行く。立場の弱い人間には強く当たる。それこそ、裏国王と裏王子にふさわしい態度なのだ。

ブノワとダニエルは応接間に着くと、使用人に扉を開けさせる。ビラルは立って待っていた。座っていた痕跡もない。相変わらず礼儀を弁えており、ブノワは気分が良くなった。先ほどの使用人とは大違いだ。

ビラルは四十過ぎの男で、やや小太りの体型をしている。わずかにカールした茶髪は高貴さはないものの穏やかな印象で、笑い皺が刻まれた目尻から想像つくように朗らかな商人だった。それでも、商売の話をするときは鳶色の瞳の奥に商人としての強かさが滲む。

ブノワはビラルと握手を交わす。

「ビラル殿、ようこそ。今日はダニエルも商談に参加しますので」

「こんにちは、ビラル殿。大一番で出る俺王子」

「こちらこそ、本日はどうぞよろしくお願いいたします、ブノワ様、ダニエル様。素晴らしいお二方と一緒にお話しできて、商人冥利に尽きますする」

二人の韻を踏んだ挨拶に、ビラルは丁寧に頭を下げ応える。自分たちをそれこそ王や王子と想定して礼儀正しく接する客人に、ブノワとビラルは激しく自尊心を満たされる。まさしく、商人の鑑だ。実際のところ、懐の深いビラルは、二人のわかりづらい韻をいつも快く受け止めてくれた。

ソファに腰掛けるとビラルは商人の顔に戻り、さっそく本題を切り出した。

「本日お伺いしたのは他でもありません。とある魔物を、お二人のスキル【ドラゴンテイマー】のお力でどうしても捕まえてほしいのです」

「なんでも言ってみろ。ターゲットのマーケットは気になるが」

「もちろん、裏の魔物市場では欲しい人間が無数におります。高値がつくのは間違いないでしょう。オークションに出品されるという噂を流したところ、ここ最近はその話で持ち切りでございます」

「ふむ、それは結構。すぐにでも決行したいな」

ブノワは【ドラゴンテイマー】スキルで捕らえた魔物を、裏ルートで違法に販売していた。

今はダニエルも悪事の片棒を担ぐようになり、父と一緒に甘い汁を吸い続けている。代々、アスカリッド家は善良な家系だったが、彼らは気にせず悪事に手を染める人間だった。

ビラルは口に手を当てると、目の前の二人だけに聞こえるような小さい声で言った。

「捕まえてほしい魔物とは……ヒュドラでございます」

「……なに？」

まったく予期せぬ魔物の名前に、ブノワとダニエルは思わず聞き返してしまった。

――ヒュドラ。

魔物に詳しくない人間でも、一度はその名を耳にしたことがある。斬られても再生する七本の首を持ち、身を纏(まと)う漆黒の鱗(うろこ)はあらゆる斬撃や魔法を弾き、何人たりとも傷つけられない恐怖の魔物。

最も恐れられるは、その強力な毒だった。体内で生成された毒煙を吸い込むと、全身に縄のような黒い紋様が浮かび胸を締め付けられる。秘薬の類いでも回復は難しく、命を落とした人間は数知れない。

全長は小さな個体でも十メートルはあり、最大で三十メートル級の目撃情報もあった。等級は文句なしのS級。今まで捕まえてきた魔物とは、文字通り格が違う。

さすがに一筋縄ではいかないと硬い表情で思案するブノワに、ビラルは多額の報酬をもって畳みかける。

「報酬は五〇〇〇万テレジアではいかがでしょうか。もちろん、ヒュドラの状態によってはさらに増額させていただきます」

「「ご、五〇〇〇万⁉」」

思わず叫んでしまった後、ブノワとダニエルは慌てて口をつぐむ。伯爵のアスカリッド家にとっても、途方もない大金だ。それだけあれば、もう当分は豪奢（ごうしゃ）な生活を送れる。危険にふさわしい報酬ではある。

揺れ動く心をビラルはそっと後押しした。

「幸い、ヒュドラの生息地は割れております。現地までは私の私兵が護衛しますし、戦闘も我々が引き受けます。お二人はテイムだけしていただければ良いのです。自慢になってしまいますが、私の兵士たちは王国騎士団にも負けない実力者揃いでございます」

どうやら、ヒュドラと戦うのはビラルたちのようだ。

金持ち商人は護衛のため、独自に兵士を雇っていることが多い。一度、設備や人数を見せてもらったことがあるが、たしかに王国騎士団にも匹敵する規模だった。

もう迷いは消え去った。出すべき答えはたった一つだ。

「……わかった。引き受けよう」

「ありがとうございます、ブノワ様！　やはり、あなた様に頼んで良かった！」

ブノワの結論にビラルは笑顔で喜ぶ。いくら危険でも、ヒュドラはドラゴンの血が混じった魔物。おまけに、ここには【ドラゴンテイマー】持ちが二人もいるのだ。協力すれば問題ないだろう。

――自分たちのスキルで、テイムできないはずがない。

我こそが王国を裏から支配する実力者と信じて違わぬブノワとダニエルは、確固たる自信を持っていた。

第二章：天上天下の毒薬師

「……アンシー、あそこが話していた教会だよ」

『静粛な感じが厳かだクラ』

海辺でアンシーと出会ってから、およそ四十分後。ストレージ・シティの教会の屋根が見えてきた。バケツには海水が満杯に入っていて重いけど、アンシーが半分持ってくれたので、それほど重さは感じなかった。

街道を進み教会の全体が見えるにつれ、徐々にシスター・モナの慌ただしい声が聞こえてきた。ドタバタと走り回る足音も響いており、ずいぶんと慌てた様子だとわかる。まるで、何かを探しているような……。

「……シャルルさん！　シャルルさん、どこですか⁉　シャルルさーん！」

あろうことか、僕を探していた。右に走ったり左に走ったり、教会の前を走り回っている。

急いでバケツを持ってシスター・モナの所に駆け寄った。

「シスター・モナ！　シャルルです、今帰りました！」

「シャルルさん！　遅いから心配しましたよ」

「すみません。遅くなってしまいました」

「どこか怪我はありませんか？　……なさそうですね。しかし、無事で良かったです。シャルルさんに怪我でもあったらどうしようかと思いました」

僕を見ると、シスター・モナは心配そうな顔で迎えてくれた。海辺は往復で三十分もあれば戻ってこれる場所だったからね。知らない間に、意外と時間が経ってしまっていたのだ。

反省しながら、僕の後ろに隠れているアンシーを紹介する。

「シスター・モナ。実は、このポイズンジェリーのアンシーと出会って遅れてしまったんです。【毒テイマー】スキルで仲間になってくれました」

「おや、ずいぶんとぷるぷるしたお方ですね」

アンシーを差し出すと、シスター・モナは興味深そうに顔を近づけて眺める。

「この人がシスター・モナだよ」

『ボ、ボクはアンシーと言うクラ。よろしくお願いクラ』

「えっ、人間の言葉が話せるのですか⁉　まさか、メサイア様の使いなんじゃ……！」

と、驚いてしまったので、事情を詳しく説明する。

「いえ、違うんです。どうやら、僕がテイムした魔物は話せるようになるみたいなんです」

「なるほど、そうでしたか。びっくりしてしまいました。……こちらこそよろしくお願いしますね、アンシーさん」

二人は触手と手で握手を交わす。ぷるぷるした触り心地が気持ちいいらしく、シスター・モナはすりすりと擦(こす)っていた。

アンシーはそんな彼女を見ながら、海辺での出来事を話す。

『ボクはシャルルに命を救われたクラよ』

「えっ、どういうことですかっ」

シスター・モナは大変に驚き、擦っているアンシーの触手がぶにゅっ！　となっちゃった。

痛くないか心配だったけど、当の本海月(くらげ)は別に大丈夫らしい。

『海魔物に襲われ、ボクは死を迎えようとしていたんだクラ……。漂う海は見知った景色じゃなく、寂しい気持ちになったクラよ。海辺に力なく漂着し……まさしく！　クラゲ生が！　終わりを！　迎えようとしたとき！　メシアのごとく現れたのが‼　…………シャルルだったんだクラ』

アンシーは海辺での一件を、大変大仰(おおぎょう)に語る。まるで神話か何かを聞いているかのようなすごい迫力と声の抑揚で、自分の話なのにぐんぐん引き込まれてしまった。

傍(かたわ)らで聞くシスター・モナはと言うと……ふるふると目に涙を浮かべている……⁉

「……うっうっ。知らない間にシャルルさんは、こんなにも立派になっていらしたんですね。たった一日でこれほど成長できるなんて、やっぱりあなたは素晴らしい人物です……」

「あ、いやっ、放っておけなかっただけですので……」

「私はもう涙で身体が涸れてしまいそうです」

「そんな……」

　ぽろりと落ちる涙を拭きながら、シスター・モナはしくしくと泣き出す。アンシーが持つ予想外の吟遊詩人力で、思いの外大事になって伝わってしまったよ。もっとさりげなく伝えるつもりだったのにね。

　シスター・モナにハンカチを渡し、薬屋の計画を話すことにした。

「アンシーと出会って考えたことがあるのですが、薬屋を開こうと思うんです」

「……え？　薬屋を……？」

　僕が言うと、シスター・モナはぽかんと聞き返した。僕はアンシーを持ちながら説明する。

「ポイズンジェリーであるアンシーの触手からは、弱い痺れ毒が出るんです。そこで、その毒から薬を作ろうと思いつきました」

「なるほど、そうだったのですか。たしかに、ポイズンジェリーは毒を持つ魔物ですね。しかし、毒から薬を作るなんて本当にできるのですか？」

「それが、できるんですよ！」

「きゃあっ！」

　できるのですか？　と聞かれ、何かスイッチを押された気がした。そう、気がしただけだ。なんだか身体がカッ！　と熱くなっているのは、海辺からバケツを運んできたからだろう。

　それより、シスター・モナに教えてあげたい！

毒から薬はできるんだ！

ということを！

「やっぱり、毒と薬は相反する存在だと思いますよね。薬は毒を殺すもので、毒は薬を殺すもの。ところが！　実際は、毒と薬は表裏一体の存在なのです。毒なくして薬あらず。……よろしいですか？　古くはカビからも薬ができたことがあり……」

前世の現代的な経験と今世で学んだ知識を絡み合わせ、毒から薬ができることをシスター・モナに説明する。

僕が元日本人であることを隠しながら話すのは少し難しかったけど、やっぱり薬と毒について話すのは楽しいね。

喋れば喋るほど知識があふれ出す……！　薬や毒について話すのは、なんでこんなに楽しいの！

ふと、脇腹にぷにぷにした感触を覚えて我に返った。アンシーが僕を見上げている。

『……シャルル、一旦止まってほしいクラ。シスター・モナが呆然としているクラから』

「えっ」

シスター・モナを見ると、ぽっかりと口を開けて僕を見ていた。顔の周りにたくさんの？マークが浮かぶ。

——……しまった。またやってしまった。

前世から僕には、好きなこと……要するに薬や毒のことになると、周りが見えなくなってしまう良くない癖がある。どうやら、転生しても直らなかったようだ。マシンガントークは封印することを、心の中で決意する。

「すみません、シスター・モナ。ちょっと夢中になってしまいました」

「いえいえ、少々びっくりしただけですから。興味があることに真剣なのは良いことです。……それよりも。まさか、薬屋まで開くことを考えていらしたなんて……。シャルルさんはどこまで成長するつもりですか……」

またもや涙が零れ落ちるシスター・モナ。二枚目のハンカチを渡すも、すぐにしっとりと濡れてしまう。

本当に涙で干上がってしまうのでは……と心配になっていたら、街の方角から一人の女性が訪れた。

「シスター・モナ。ちょっと薬を作ってほしいんだけど、今大丈夫かい？」

シスター・モナは、おばさんを見るとパッと明るい笑顔になった。

「あら、サンドラさん、おはようございます。相変わらず、朝がお早いですね」

「何言ってんのよ、シスター・モナ。あんたの方が何倍も早起きなくせに」

サンドラさんは、がはは っと豪快に笑う。カールした茶色い髪は無造作にまとめられ快活に感じるも、鳶色の目が優しそうな印象の人だった。ゆったりしたつなぎの服を着て脛くらいまでの長靴を履いているから、農家の人かな。

しばらく喋っていると、サンドラさんは僕とアンシーを不思議そうに見た。

「……あら、見かけない男の子がいるね。しかも、毒魔物のポイズンジェリーまでいるじゃないかい。海じゃなくて、森の中にいるなんて珍しいよ」

シスター・モナは挨拶交じりの雑談を終えると、僕たちを紹介してくれた。

「こちらの少年はシャルルさんといい、ポイズンジェリーはアンシーさんというお名前です。お二人とも、教会の新しい仲間になったんですよ」

「へぇ〜、愉快な仲間たちだね。シャルル、シスター・モナのために頑張るんだよ。この人は街のために、懸命に努力してくれているからね」

「はい、精一杯頑張ります……！」

ピシッと姿勢を正して答える。もちろん、全力で頑張る所存だ。

『アンシーも頑張るクラよ』

「しゃ、喋った⁉」

アンシーの言葉を聞いて、サンドラさんは激しく驚いた。

驚くサンドラさんにも、僕のスキルについてお話しする。

「僕は【毒テイマー】というスキルを持っていまして、毒魔物のアンシーをテイムしたんです。僕のスキルの力で、アンシーは喋れるようになりました」

「ああ、そうだったのかい。どうりで話せるわけだ。驚いてごめんよ、アンシー。この辺りじゃテイマーは珍しいからね」

『気にしないでほしいクラ』

一通り自己紹介が終わったところで、話は薬の件に戻った。

「……そうだ、話が逸れちまったよ。シスター・モナ、今日は薬が欲しくて来たのさ。虫除けの薬を作ってくれないかい？　この時期は虫が多くてねぇ。あんたも知っているだろうけど、あたしんちは農家なんだ。農作業は汗をかくだろ？　すると、虫がうようよと寄ってきてね。血を吸われてかゆいのさ。いくらあたしが良い女でも、虫にまで好かれるのはたまったもんじゃ……」

サンドラさんはお喋りな性格らしく、ペラペラペラと話し始める。やっぱり服装通り農家の方でいらして、数多の虫……要するに蚊が多くて困っているとのことだ。

シスター・モナは最後まで話を聞くと、心苦しそうに話した。

「申し訳ありません、サンドラさん。私は【小ヒール】の力を水に閉じ込めた、弱めの回復薬しか作れないのです」

「あら、そうなのかい？　てっきり、何でも作れそうな気がしたよ」

「お力になれず残念です」

二人の会話を聞きながら、僕も頭の中で考える。

——虫除けの薬か……。

もちろんのこと、前世では世界的に普及した類いの薬だ。ジエチルトルアミド、一般的にはディートと呼ばれる化合物、もしくはメントールの爽やかで清純な香りを放つハッカ油を、スプレー状にして身体に振りかけるのがオーソドックスかな。

どちらも、中世ヨーロッパ的な文明程度と思われるこの世界では、入手が難しいだろう。素材を集めている間に時期が過ぎてしまったら本末転倒だし……。

何とかしてサンドラさんの悩みを解決したいなと考えていたら、とある前世の知識を思い出した。

——そういえば、新しいタイプの虫除けクリームが開発されていたな。

従来の虫除け剤は、忌避成分のある物質を肌に振りかけて蚊を避けた。でも、新しいタイプはまったく機構が違う。

シリコーンオイル……つまり、ケイ素と酸素がシロキサン結合した有機ケイ素化合物重合体であるシリコーンの液体を肌に塗って、蚊を避ける。蚊が肌に留まると、ぬるぬるした触感を嫌がってすぐに離れるのだ。

ノズルやポンプなどの仕組みが必要なスプレーは容器の製作がまず難しいけど、塗るだけのクリームタイプならこの世界でも作れそう……。

「……じゃあ、そろそろあたしは畑に戻るよ。朝早くから済まなかったね」

「いえいえ、こちらこそお力になれず申し訳ありませんでした。せめて、虫が近寄らないようメサイア様にお祈りさせていただきます」

思案に明け暮れていたら、いつの間にか二人の会話が終わっていた。

サンドラさんは街に、シスター・モナは教会に戻る……。

ので、慌てて止めた。

「サンドラさん、シスター・モナ！　ちょっと待ってください！」

「え？」

「はい？」

呼びかけると、二人はピタリと止まってくれた。

「僕に虫除けクリームを作らせてくれませんか？　アンシーの痺れ毒をうまく使えば、虫除けクリームが作れると思うんです」

そう伝えると、サンドラさんは驚きの表情を浮かべた。

「毒から薬って、そんなことができるのかい？　あたしは聞いたことがないけど」

「はい、それができるんです。ぜひ、挑戦させてくれませんか？　全力で取り組みますので」

『アンシーも頑張るクラよ』

サンドラさんは不思議そうにしていたけど、やがて朗らかな笑顔で言ってくれた。

「それなら……シャルルたちに頼もうかねぇ。でも、できなかったら無理しなくていいよ。我慢すればいいだけなんだから」

「いえ、絶対に作ってみせます。任せてください」

「ありがとうよ、あんたは良い子だね」

お礼を言い、サンドラさんは街道を帰っていった。

彼女の姿が見えなくなると、今度はシスター・モナが僕に尋ねた。

「シャルルさん、本当に毒から薬が作れるんですか？　しかも、ポイズンジェリーの痺れ毒から虫除けクリームなんて……」

「うまく工夫すれば作れるはずなんです。すみませんが、厨房を貸してください。シスター・モナも一緒に来てくれませんか？」

「ええ、もちろん構いませんが……」

シスター・モナは疑問そうだったけど、実際に見てもらえればどういうことかわかると思う。

それにしても……。

——久しぶりの薬の精製だ。

想像しただけでなんだか楽しくなってしまう。

僕はアンシーを抱え、シスター・モナと一緒に意気揚々と教会へ歩く。

「じゃあ、さっそく始めます」

教会の厨房で僕は腕を捲る。いよいよ、薬を作るときがきた。鍋や小瓶など必要な物は、一通りこの厨房にも揃っていた。どうやって作るかは、すでに頭の中でイメージが描かれている。

まずは、小ぶりの鍋をアンシーの前に置いた。

「アンシー、痺れ毒をこの鍋に出してくれる？」

『もちろんだクラ』

ぽたりぽたりと、アンシーの触手の先から薄い紫色の液体が垂れる。三分の一ほど溜まったところで、人差し指の先をつけてみた。

最初は何ともなかったけど、五秒くらいするとピリピリと痺れてくる。やっぱり、弱い毒でも量が増えれば効力を増すんだね。

痺れ毒の効力を調べていたら、シスター・モナがそっと僕に尋ねた。

「シャルルさん、アンシーさんの痺れ毒ってどんな仕組みなんでしょうね？　できれば、わかりやすいお話だとありがたいのですが……」

ポチッと何かが押された感触……。僕の中に眠る獅子が目覚めた気分……。

「それでは、そもそもの痺れの仕組みからご説明します。僕たちの身体、というより皮ふが物に触れた感覚は、末梢神経と脊髄を通って脳に伝わります。なので、その道筋に異常があったときに、痺れが出現するのです。もちろん、痺れ毒にはいくつか種類があります。有名なのはテトロドトキシンやスロトキシンですかねぇ。いずれも非常に強力な毒であり、特に前者は骨格筋及び神経細胞の膜電位依存性ナトリウムイオンチャネルにくっついて、情報が伝わるのを邪魔します。要するに、毒素が細胞内へのイオンの流入を妨害するわけです。……よろしいですか？　とはいえ、アンシーの毒はそこまで強力ではなく……」

話せば話すほど！

話したいことが！

あふれ……出てくるの～！

頭の中では知識がぐるぐると回り、お喋りがまったく止まらない。

「……というわけであり、アンシーはクラゲ型の魔物なので、おそらくタンパク質毒素に分類されると考えていますが……」

「全然わかりません！」

シスター・モナの叫び声で我に返った。同時に、思う。

……またやってしまったと。

どうして、僕はこう薬や毒となると周りが見えなくなってしまうの。ちょっと前決心したばかりなのに。困ったものだね、まったく。

気持ちを整え、シスター・モナに要点を説明する。

「……こほんっ。まとめると、肌につくとピリピリする成分が毒に入っているからです」

「なるほど、そういうことでしたか」

「虫除けクリームとしては、痺れ毒の濃度を、人間は痺れないけど虫は痺れる濃度にまで薄めようと思います。そうすれば、虫が肌についたとき勝手に離れていくはずです。もちろん、人体にも悪影響はありません」

「大変よくわかりました」

打って変わって、満足そうに話すシスター・モナ。わかってくれて良かった……ということで、鍋に水を入れて薄め、必要な材料をお願いする。

「シスター・モナ、小麦粉を少しいただいてもいいでしょうか？」

「ええ、もちろん構いませんよ。あまり質は良くありませんが……」

「いえ、食用ではないので、むしろありがたいです」

シスター・モナは棚をごそごそと探して、やや茶色っぽい小麦粉を出してくれた。鍋に少しずつ混ぜながら木べらでかき回してとろみをつける。今度は隣に浮かぶアンシーが僕に聞いた。

『シャルル、何をやっているクラ？』

「塗りやすく、そして肌に留まるように少しだけ粘性を高くしたいんだ」

『なるほどクラよ』

水のままでは少し使いにくいだろうし、多少なりとも粘液っぽい方が使いやすいと思う。水だと零れたら全部なくなっちゃうものね。シスター・モナはというと、僕とアンシーの会話を聞いて感心した様子で言う。

「はぁぁ～、小麦粉には食べるだけではなく、そのような使い方もできるのですね。シャルルさんは知識が深いです」

「いえ、たいしたことはありませんので」

また泣き出すのでは、と少々不安になったけどそんなことはなかった。小麦粉をこの痺れ毒液に混ぜ合わせれば、クリーム状にできると思う。

しばらく作業したら、自分の指に塗っても痺れないくらいまでに薄まった。ねっとりとした粘度もクリームそのもの。

小瓶に詰め直したら……完成だ！

「できました！」

「『おおお～！』」

テーブルの上には、やや薄紫色のクリームが詰まった小瓶が一本。アンシーとシスター・モナのおかげだ。

《アンシーの虫除けクリーム》

説明：ポイズンジェリーの痺れ毒を応用した虫除けクリーム。人間にはわからない程度の微弱な痺れ毒により、虫は肌に触れると嫌がって逃げる。

この世界では、魔力が籠もった特別なアイテムや素材を見るときは、頭の中に説明書きみたいな文章が思い浮かぶ。どうやら、人々が進化する過程で身につけた能力らしい。

よって、鑑定スキルや魔導具を使わずとも、このクリームの有効性がわかった。

とはいえ、やっぱり効力を確かめたいところ。

「では、試しに僕の身体で実験してみましょう」

「立派な心掛けです、シャルルさん」

『責任感があるクラ』

右腕にクリームを塗り塗り。左腕はそのまま。これで比較ができるね。

みんなで厨房を出るも、森に入ろうとしたらシスター・モナがぐわっし！　と僕の肩を強く掴んだ。

「え……シスター・モナ……？」

「シャルルさん、森に入るのは一メートルまで……いいですね？　それ以上入ったら魔物に襲われてしまうかもしれません」

瞳孔が開いているように見えるのは気のせいだろうか。まぁ、森の中はたしかに暗いけど、そこまで警戒しなくても良さそうな……。

「で、でも、虫除け効果を確かめるにはもっと奥まで行った方がいいんじゃ……」

「いいですね？」

「は、はい」

さらに瞳孔が開いた気がしたので、素直に了承した。

『ちょっと過保護クラね……』

というアンシーの小さな呟きを残して、僕は一メートルだけ森に入る。両腕を伸ばすと、さっそく無数の蚊がわらわらと僕の周りに集まった。左腕には引き寄せられるように吸い付くも、右腕には触れた瞬間パッと離れてしまう。それも一匹だけじゃない。何匹も何十匹も。ということは……？

——虫除けクリームが効いたんだ！

喜びで胸がいっぱいになると同時に感じることがあった。

——前世と同じ……喜びだ。

生きる世界が変わっても、抱く感情は同じなんて不思議だ。と思いつつも、いい加減かゆみが限界なので森から撤退する。

「無事に効果が確認されました。二人とも、協力してくれてありがとうございました」

「おめでとうございます、シャルルさん！」

『お見事クラー！』

二人はパチパチぷよぷよと拍手で讃（たた）えてくれた。

さっそく届けようとなり、僕たちは《アンシーの虫除けクリーム》を持って、サンドラさんの畑に向かう。シスター・モナは何度も行ったことがあるそうだ。

歩いていると、ふと自然に言葉が口をついて出た。

「サンドラさん、喜んでくれるでしょうか」

「もちろんですよ。こんな素晴らしい虫除け薬は、私も見たことがありません」

『喜ばないわけないクラよ』

僕が呟くように言うと、二人はそう答えてくれた。小瓶を握りながら静かに思う。

——早くサンドラさんの喜ぶ顔が見たいな。

「はい、着きましたよ。ここがサンドラさんが働く畑です」

「ずいぶんと広いんですね」

『立派な畑クラ』

教会から街道に沿って五、六分ほど歩き、僕たち三人は大きな畑に着いた。縦横百メートルくらいかな。

何人ものおばさんが草を刈ったり水をやったりと、あくせく働いているのが見える。ストレージ・シティの農家さんたちが、共同で働く畑とのことだ。サンドラさんを探すと、ちょうど二十メートルほど先にいた。

「サンドラさーん、お仕事中すみません、シャルルですー。虫除けのクリームを持ってきました ー」

「えー？　もうできたのかーい？」

手を振りながら呼ぶと、サンドラさんは作業を中断してこっちに来てくれた。

……いや、サンドラさんだけじゃない。お仲間の農家のおばさんたちもだ。僕に気づくと、作業を止めてわらわらとこちらにいらっしゃる。

あっという間に、サンドラさん始め農家のおばさんたちに四方を囲まれてしまった。

「おや、可愛い少年じゃないか。お肌がすべすべで羨ましいよ」

「利発そうで賢そうな子だ。うちのバカ息子とは大違いだね」

「教会で暮らし始めたみたいだね。どうだい、あんたさえ良かったら、あたしの家で暮らさないかい？」

え、ええっ。歓迎してくれるのはありがたいけど、なんだか話がおかしな方向に……。

農家という力仕事をしているためか屈強な方が多く、ずけずけとお喋りされる。このようなおば様方の勢いは、僕は前世でも見覚えがあった。

こ、これは……おばちゃんパワーだ！

「「さあ、一緒に帰ろうね！　好きな食べ物はなんだい⁉　何でも作ってあげるよ！」」

「あ、いやっ……」

『怖いクラ……』と小さく震えるアンシーを抱きしめていると、突然モーセの海割りのように、おばさんの波がぐいっと割れた。

こ、今度は何？

海割りの発生場所を見ると、一人の聖女さんが佇んでいる。

あ、あの方は……！

「シ、シスター・モナ⁉」

なんと、助け出してくれたのはシスター・モナだった。うまい具合に逆光となっており、彼女の背中から後光が差す。元々備わっている清楚で神聖な雰囲気も相まって、天使が舞い降りたと言われてもおかしくない荘厳な光景だった。

シスター・モナはおばさんたちを見て静かに語る。

「みなさま、そこまでにしてください。お気持ちはありがたいですが、シャルルさんの保護者は私ですので、私がこれからも面倒をみます」

「……はぁー」

サンドラさんとお仲間のおばさんたちは、静々と首を垂れる。メサイア聖教会を追放されたとは聞いたけど、人々を導く姿勢はもはや大聖女だ。

何はともあれ、僕はサンドラさんにクリームの小瓶を差し出す。

「お待たせしました。これが虫除け薬――《アンシーの虫除けクリーム》です」

「へぇー！　本当にアンシーの毒から作れたんだね」

「肌に塗ると、虫がくっついてもすぐに離れてくれます。僕の身体で実験済みです」

「そりゃありがたい。さっそく使わせてもらうよ」

サンドラさんは服から露出している肌にクリームを塗っていく。この世界の蚊も汗をかいた人に集まりやすいようで、こうしている間にも彼女やおばさんたちの周りにはようようと蚊が飛んでいる。たしかに、こんなにいたら農作業どころじゃないだろう。

みなさんの腕にはいくつもの発疹があったので、すでに何カ所か刺されてしまったと考えられる。

サンドラさんはクリームを塗ると、僕たちから少し離れた。しばし、虫が肌にくっついては離れると、やがて彼女の周りからは完全にいなくなってしまった。

おばさんたちからは歓声が沸き、サンドラさんは嬉しそうにこちらに駆け寄る。

「……こりゃすごい！　本当に虫に刺されないよ！」

「アンシーの痺れ毒が虫に効きましたね。肌が痺れたりしていませんか？」

「まったく問題ないさ。痺れるどころか、サラサラして気持ちいいね」

「そうですか。それなら良かったです」

一応、実験はしたものの、少しだけ不安はあった。効力を確かめられたことと、特に問題ないと聞いて安心する。

「後でお金を持っていくからね。一本いくらだい？」

「いえ、お金はいりません。初めて作った薬ですし……」

今回製造したのは、あくまでも試作品。お金をいただくには値しないだろうと思った。

……ところが、僕が断るとサンドラさんは一転して真剣な表情に変わる。

「ダメだよ、シャルル。あたしが頼んだことだし、これは立派な仕事だよ。ちゃんとお金は受け取りな。自分の努力に対して、対価を貰うのは悪いことでも何でもないんだから」

サンドラさんに言われ、ハッとする自分がいた。

思い返せば、前世の僕は引っ込み思案というか、報酬を貰ったり評価されることに気が引けていた。きちんとした残業なのに、敢えて無給扱いにしたことも何度かあったと思う。どこか悪い気がしてしまったのだ。

前世ではずっと一人暮らしだったから、別にそれでも良かったかもしれない。

でも、この世界で生きるのは僕一人だけではない。大事な仲間がいるのだ。

――ちゃんと適正な報酬を貰わなければ……！

シスター・モナやアンシーとも相談し、一瓶あたり八〇〇テレジア（だいだい、八〇〇円くらい）で販売することに決まった。瓶の代金や毒を加工する手間などを考え、これなら多少なりとも教会にお金が入るはずだ。

販売価格が決まると、おばさんたちが興奮した様子で話し始めた。

「シャルルちゃん、あたいにも作ってちょうだいな！　こんな便利なクリーム、使わない手はないよ！」

「あたしにも作っておくれ！　虫には本当に困っていたのさ！　どんなに作業の効率が上がるか楽しみでしょうがないね！」

「三本……いや、なんなら十本買ってもいいよ！　いくらあっても困らないからね！」

畑に来たときと同じように、わいわいとおばさんたちに囲まれてしまう。まるで、開店直後から刈り尽くされるスーパーの特売品になった気分だ。

『怖いクラ……』と再度小さく震えるアンシーを抱えていると、天から美しく軽やかな声が舞い降りた。

「みなさん……聞いてください」

今度は自然におばさんの波が割れる。逆光による後光を湛えて佇むのは、やはりシスター・モナ。

「「シ、シスター・モナ⁉」」

ありがとうございます、助けてくださって……。

と思った瞬間、我らがストレージ・シティの聖女さんは、両手を広げると天に向かって力強く叫んだ。

「毒からこんな薬が作れるなんて、シャルルさんはまさしく、〝天上天下の毒薬師〟なのです！」

て、天上天下の毒薬師ぃ⁉

い、いきなり何を言い出すのですか。たしかに毒から薬を作るので、毒薬師という呼び名はいいかもしれない。

とはいえ、さすがにちょっと大袈裟過ぎるのでは……と思っているのは僕だけだった。

「そうだよ！　シャルルは唯一無二の人間なんだよ！　……ああ、なんでこのことに気づかなかったのかねぇ！」

「こんなに良い子と同じ街で暮らせるなんて、あたいは本当に幸せ者だよ！」

「シャルルに出会えて良かった！　どんな問題も解決してくれそうだからね！　シャルルがいれば何があっても大丈夫さ！」

サンドラさんも他のおばさんも興奮した様子で捲し立てる。心配などいらないくらい大好評だった。

シスター・モナはというと、みんなに負けないくらいなおも声を張り上げる。

「さあ、ご一緒にメサイア様に祈りを捧げましょう！　シャルルさんのこれからの発展をー！」

「「これからの発展をー！」」

シスター・モナに煽られ、サンドラさん一同は天に向かって祈りを捧げ始める。どうやら、シスター・モナには人を導く才能があるようだ。

その後、みんなと相談した結果、《アンシーの虫除けクリーム》は完成次第渡すことになり、サンドラさんたちに別れを告げる。

教会への道を歩きながら、シスター・モナは先ほどの余韻覚めやらぬ様子で話した。

「いやぁ、シャルルさんの素晴らしさがみなさんに伝わって良かったです」

「え、ええ、そうですね」

『ボクもシャルルが褒められて嬉しかったクラ。ちょっと怖かったクラけど』

シスター・モナもアンシーもご満悦な表情。

ということで、その日から僕は天上天下の毒薬師と呼ばれるようになってしまった。

第三章：初めての冒険

「……シャルルさん、端っこをそっちの枝に括り付けてもらっていいですか？」

「わかりましたっ」

『ボクも手伝うクラ』

洗濯物を通したロープを、アンシーと一緒に太い木に結わえ付ける。何枚ものシャツが風に揺れ、朝陽に輝く光景は、見ているだけで爽やかな気持ちにさせてくれた。

サンドラさんに《アンシーの虫除けクリーム》を作ってから、すでに二週間ほどが過ぎた。

あれから、農家のみなさんにクリームを作る毎日だ。

最初はあのときいた七、八人分の予定だったけど、噂が噂を呼び、今やストレージ・シティ中の農家さんの虫除けクリームを作っていた。単純だけど量が量なので、なかなかの体力仕事だ。今日もこの後すぐに製造を始めないといけない。

洗濯物の皺を伸ばし、厨房に戻ろうとしたらシスター・モナが心配そうに僕とアンシーに言った。

「シャルルさん、アンシーさん。今日もクリームを作ってくれるのですか？　ここのところ毎日作ってらっしゃいますよね。少し休まれた方がよろしいのではないでしょうか」

「いえ、僕は全然大丈夫ですよ」

『ボクも元気いっぱいクラ。シャルルの魔力を食べると、体力がぐぐんっと回復するんだクラ』

もちろん、アンシーの毒液は休み休み貰っている。クリームは痺れ毒を薄めたものだし、アンシーを過度に疲れさせることはなくて良かった。

アンシー曰く、僕の魔力は自然のものに比べても質が良いらしい。ご飯と一緒に食べると元気になるみたいで、食事のたびに魔力を分けている。

混ぜる小麦粉の量や薄める濃度もすでにマニュアル化できているから、作業効率も悪くなかった。心配してくれるのはありがたいけど、サンドラさんたちのことを考えると休むわけにはいかないのだ。

大袈裟かもしれないけど、僕は薬を作ることにどこか使命じみたものを感じていた。

「虫除けクリームを待っているみなさんを待たせるわけにはいきませんからね。サンドラさんたちのために、そしてシスター・モナのために精一杯頑張りたいんです。拾ってくれた恩を少しでも返すために……！」

怖い街だと思っていたストレージ・シティを心細く歩く中、教会で初めて出会ったときの安心感は今でも忘れていない。あの夜のことを思い出すたび、僕は気が引き締まる。

しばし、シスター・モナは黙った後、その瞳がうるりと光った。

ま、まさか、この反応は……⁉

「日に日に立派になっていって……。私は嬉しくて仕方ありません……。これもきっと、シャルルさんの心が清らかだからですね……うっうっ……」

『シスター・モナは純真過ぎだクラ』

頑張ると言っただけで、さめざめと泣き出してしまうシスター・モナ。ハンカチを渡し、涙を拭いてもらう。彼女の後ろには、だいぶ様変わりした教会が見える。

《アンシーの虫除けクリーム》を販売してそこそこの報酬を得たおかげで、教会の割れた窓ガラスなどの修理も少しずつ進んでいる。

壁や屋根はまだ薄汚れている箇所が多いけど、窓ガラスは一通り割れていない物に交換できた。シスター・モナも雨風が入らなくなり教会が汚れなくなったので嬉しいとのことだ。

とはいえ、まだまだ修理すべき場所はたくさんあるし、虫除けクリーム以外の薬を考える必要もある。今のところ販売は好調だけど、農作業の閑散期や虫が少なくなる時期は売り上げが落ち込むことが予想される。また何か別の薬を考えておかないとね。

教会の主な収入源は、シスター・モナの作る《弱回復薬》と塩や真水の販売だ。いずれも人々の生活に需要はあるものの、教会は街から離れていることもあり、大きな利益を出すには至らなかった。

――僕とアンシーの食事代もかかるわけだし……これからも頑張らなければ。

涙の収まったシスター・モナとアンシーと一緒に教会の礼拝堂に行こうとしたら、森から三人の男性が現れた。

先頭にいるのは黒髪の男性で、脇に茶髪と緑髪の男性が控える。一瞬住民かと思ったけど、すぐに緊張感が僕を包んだ。

みな、剣や盾などで武装している……。

強盗か盗賊の類いかと思い、アンシーを抱える力が強くなった。ところが、緊張する僕に反して、シスター・モナは明るい声で彼らを迎えた。

「あら、ローランさん、こんにちは。お仲間のリックさんとトマさんも、こんにちは」

「こんにちは、シスター・モナ。突然済まない。天上天下の毒薬師と呼ばれる少年を訪ねに来たんだ。ギルドでも噂になっていてな」

ローランと呼ばれた黒髪の男性が答えると、シスター・モナはひときわ笑顔を輝かせた。

「ああ、そうでしたか！　シャルルさんのお噂は、もうそんな所まで伝わっていたのですね！　なんと喜ばしいことでしょうか。……シャルルさん、こちらはストレージ・シティのB級冒険者パーティーのみなさんで、ローランさんとリックさん、そしてトマさんです」

ひとしきり感激した後、シスター・モナは彼らを紹介してくれた。先頭にいる黒髪のイケメンは剣士のローランさん。今年で二十二歳とのこと。

「君が天上天下の毒薬師、シャルル君か。子どもとは聞いていたが、本当にこんな少年だとは驚いた。シスター・モナも紹介してくれたが、俺はストレージ・シティの冒険者、ローランと言う。これでもリーダーをやっている。よろしく。こっちは仲間のリックとトマだ」

脇に控える茶髪の筋肉質な人が斧使いのリックさんで、緑髪の上品な人が弓使いのトマさんだった。彼らもローランさんと同じ二十二歳。大人がいっぱいで緊張しちゃうけど、二人とも笑顔で挨拶してくれる。

「よろしくな、シャルル。もっと鍛えた方がいいぜ」

「初めまして。これは利発そうな子どもですね」

「シャルルです。よろしくお願いします」

三人と握手を交わす。みなさん、冒険者という職業にふさわしい力強い手だ。

互いに自己紹介が終わると、ローランさんがさて……と切り出した。

「俺たちは今、ギルドでC級魔物――ケイブリザードの捕獲任務を受けているんだ。だが、捕獲はなかなか難しくてな。悩んでいたら、君の作った虫除けクリームの噂を聞いた。濃度を高めて、魔物を痺れさせることはできないか？　武器につけて使いたいんだ」

「なるほど、そういうことでしたか」

「薬の依頼ではないが、できるだろうか……？」

ローランさんの依頼をしばし考える。

ケイブリザードは、洞窟を棲み処にする大きなトカゲ型の魔物。鱗が美しいことで有名で、それぞれ個体により鱗の色や発色が異なる。

普通の魔物よりおとなしくて鑑賞性に優れていることもあり、最近、好事家の間ではペットにするのが流行っていた。今回の依頼人もお金持ちの商人で、なるべく傷つけたくないそうだ。虫除けクリームはアンシーの痺れ毒を薄めて作ったわけだから、逆に濃くすれば強力な毒になる。面白いアイデアだった。

痺れ毒だって、気をつけて作業すれば毒性を失わないはずだ。

「ぜひ、やらせてください。薬を作るのとは少し勝手が違いますが、うまくできると思います」

「そうか！　頼むよ、シャルル君。麻痺性の毒や薬は手に入りづらいんだ。君が力を貸してくれたら大いに助かる。急かすようで悪いのだが、どれくらいで完成しそうだ？」

「夕方には完成すると思います」

「ずいぶんと早いな。ありがたいことだ。では、夕方にもう一度伺うとしよう」

話がまとまり、ローランさんたちは手を振って街に戻っていく。彼らの姿が見えなくなると、シスター・モナとアンシーが僕に言った。

「シャルルさんを頼る人が絶えませんね。保護者としても嬉しい限りです」

『こうやって、街のみんなから頼りにされる存在になるんだクラ』

薬師（というか、毒薬師だけど……）として生きていくためには、薬の腕前だけでなく、それ以上に人々からの信頼が大切だ。一つ一つの仕事をきっちりこなそう。

——ローランさんたちのためにも、うまくアンシーの毒を加工するぞ。

「一生懸命頑張ります……！」

静かに、だけど力強く決心して厨房に歩く。

「……じゃあ、アンシー、痺れ毒を少しくれる？」

『はいクラ』

厨房に行った僕は、さっそく作業を始めた。まずはいつも通り、アンシーから毒を分けてもらう。虫除けクリームを作ったときの残りもあったし、貰うのは少しで良かった。鍋に入れた痺れ毒を見ながら、手順や方法を考える。

アンシーの痺れ毒はおそらくタンパク質性毒素だから、あまり強い火で熱するのは良くないだろう。毒が熱で分解されたら、効力を失ってしまう。

なので、弱火でゆっくりコトコト煮詰めることにした。粘度の調整は小麦粉を使いたいところだけど……。

「小麦粉に火を通すと、毒パンになっちゃうかも……」

まぁ、さすがにお店で売っているふかふかのパンみたいにはならないだろうけど、熱を通すと硬くなるかもしれない。

『毒パンなんて食べたくないクラ』

傍らに浮かぶアンシーもそう言ったけど、シスター・モナはまた違う意見だった。

「メサイア様の思し召しとあらば、謹んでいただきますが……」

もしかしたら、強い信仰心があれば毒など効かないのだろうか。

そう思いつつも、僕は棚から雑草の束を取り出した。これは《ガラノ草》。すり潰すと、どろりとした透明の粘液を出す小ネギみたいな草だ。周りに広がる森で入手した。

サンドラさんに虫除けクリームを作ってから、僕は教会でお祈りや掃除をするだけでなく、暇さえあれば森の安全な場所で製薬に使えそうな植物などを探したりしていた。毒以外の素材も使った方が、薬の幅が広がるからだ。

《ガラノ草》をすり潰して取り出した粘液を少しずつ混ぜ、料理用の小さなナイフにつけては粘度をチェックする。なかなかに良い感じだね。

その後、たまに指をつけて毒の効力を確かめたりなんかしていると、あっという間に日が暮れた。

◆◆◆

半日ほど経ち、痺れ毒の調整が完了した。濃い深みのある紫色、もはや黒い液体が鍋の中にある。

《アンシーの痺れ毒：強力タイプ》
説明：ポイズンジェリーの毒を煮詰めて、高濃度にした液体。元来の毒は微々たる毒性だったが、身体に入ると大の大人でも全身が痺れるほどの強さとなった。

元々は綺麗な紫色の液体だったけど、これは……毒！　めっちゃ毒！　って感じ。毒液がたぷりと揺れる鍋を見ると、薬師の性としてやはり触りたくなってしまった。

人差し指ぽちゃんっ。

「……ビリビリする〜！」

「シャルルさん！」

『シャルル！』

痺れに身悶えしていると、シスター・モナとアンシーが大慌てで僕の指を引き抜いた。少しつけただけで皮ふがビリビリする。これはすごい。思いの外、強力な毒だね。

痺れ毒の効力にドキドキしていたら、シスター・モナの厳しい声が飛んできた。

「何をやっているのですか、シャルルさん！　毒液に指をつけるなんて正気ですか⁉」

「いや、実際に触ってみないと、どれくらいの強さかわからないわけでして……」

「さあ、早く指を洗いますよ！　……まったく、いくら薬と毒に興味があるからといって、自分の身体が傷ついたら元も子もないのであってですね……」

シスター・モナに小言を言われながら指を洗っていると、ローランさん一行が戻ってきたのが窓から見えた。

「ローランさんたちが戻ってきました！　今すぐ行かないと！」

「あっ、シャルルさん！　まだお話は終わっていませんよ……！」

鍋を持って飛び出すと、三人とも笑顔で迎えてくれた。

ローランさんが僕の持つ鍋を見て話す。

「おっ、シャルル君。その調子だとうまくいったみたいだな」

「え、ええ、まぁ、そんなところです」

僕の背中にはシスター・モナ由来と思われる鋭い視線がビシバシと突き刺さるけど、あいにくと後ろを振り返る勇気はなかった。

……申し訳ないけど、ここはアンシーに任せよう。

「こほんっ。……みなさん、これがご依頼いただいた痺れ毒です。アンシーが出してくれた毒液を、煮詰めて濃度を濃くしました」

「「おお～！」」

鍋を地面に置くと、ローランさんたちは控えめに覗き込んだ。

――さっきの指がビリビリする感覚……共有したいなぁ……。

きっと感激すると思うんだ。

「ちょっと触るくらいなら大丈夫だと思いま……」

「シャルルさん」

「触らないように気をつけてください」

いつの間にかシスター・モナが真後ろにいて、強めの声音が聞こえたので触らないようにお願いした。僕が聖女プレッシャー（今、そう名付けた）に耐えている間も、ローランさんたちは手際よく武器に痺れ毒を塗る。

作業を始めてすぐ、ローランさんが何かに気づいたように言った。

「ずいぶんと塗りやすい毒液だな」

「剣や斧に塗るということでしたので、扱いやすいよう粘度を調整してみました」

僕が伝えると、三人はピタッと動きを止めた。

——え……ど、どうしたんですか？

気を悪くさせてしまったのかと思い、ドキリと胸が脈打ったとき、ローランさんたちは笑顔になった。

「そいつは助かる。やるな、シャルル君」

「気が利いてんじゃねえか。見込みあるぜ」

「シャルル少年。将来、君は良い冒険者になれますよ。私はそう強く思う」

みんな褒めてくれた！　嬉しい！

事前に効果を確かめたいと、三人が森で捕まえてきた野ネズミを剣先で軽く切る。瞬く間に、野ネズミは全身を激しく痙攣させ、ローランさんが効力を褒めてくれた。

「おお、これは強力な毒だな。即効性も高くて素晴らしい」

「ありがとうございます」

作業を再開する彼らを見ていると、ふと思うことがあった。

——……冒険かぁ……いいなぁ……。

前世の頃から、僕はずっとファンタジーな冒険に憧れていた。剣を払い、杖を振るい、魔法を放ち、魔物と戦い、素材を集めて、夜は宿で眠り、また新たな冒険に出る……どんなに楽しくて刺激的な毎日なんだろう。もちろん、魔物は怖いだろうけど、それ以上にロマンを感じてやまないのだ。

なんてことを考えていたら、ローランさんが何の気なしに言った。

「シャルル君……君も一緒に行くか？」

……僕の心に強い衝撃！

「いいんですか、ローランさん⁉」

「ああ、君ももう十歳になったんだろう。クエストの一つや二つ、経験しても良い年頃だ。君さえ良ければだがね」

なんと……なんという、ありがたいお申し出なの！

僕の気持ちが伝わったとしか考えられなかった。そんなの、たった一つの答えしかない。

「ぜひ、行きま……！」

「いけません」

最後まで言い終わる前に、凛とした美しい声でかき消されてしまった。そう、シスター・モナだ。全身から、「シャルルさんは冒険に行ってはいけませんっ」という拒絶のオーラが醸し出されている。

まだ出会って間もないけど、シスター・モナのことがだいぶわかってきた。要するに……。

――これはまずいヤツだ……。

気持ちを整え説得を試みる。

憧れのクエストに行けるかどうかは、僕の話術にかかっている……！

「あ、あの、シスター・モナ。僕は冒険に行っちゃダメなんでしょうか？」

「ダメです」

「な、なぜ……」

「危険だからです」

ピシャリという効果音が聞こえそうな勢いで、厳しいお言葉が告げられる。説得は一瞬で終わりを迎えてしまった。

――……そんなぁ……せっかくのチャンスなのにぃ～。

僕はまだ十歳の子ども。たしかに、社会に出るのが早いこの世界でも、冒険者として活動するにはまだ少々幼い。冒険者デビューは、だいたい十五歳前後が多かった。

今回のように大人の冒険者について回るのでなければ、せいぜいギルド内での靴磨きや小間使い程度しかできないだろう。

危険だという理屈もよくわかる。ケイブリザードはおとなしいけどれっきとした魔物だし、道中他の魔物に襲われ、怪我をする可能性も十分にある。

……。

それでも！

僕は！

冒険の！

夢を！

……諦めきれない！

「シ、シスター・モナ。お言葉ですが、僕は冒険やクエストに昔から憧れがありまして、一緒に行けたらこの上ない幸せというか何といいますか……」

理路整然と話すつもりが話し始めるとうまくいかず、シスター・モナの顔はピキリと硬度を増してしまった。

「シャルルさんに冒険なんて危険なことをさせるわけにはいきません。道ばたの小石につまずいた結果、崖からゴブリンの群れに転落し、ゴブリンを狙ったドラゴンに攫われ、ドラゴン同士の縄張り争いに巻き込まれ、戦いの最中火山に放り出されたらどうするのですか。……よろしいですか？　いくらメサイア様のご加護があったとしても、予想もしない危険は常にあるわけでしてね……」

再度説得を試みたら、説法つきの小言が始まってしまった。わらしべ長者の如き危険の連鎖を説明される。いずれも極めて低確率であるものの、シスター・モナは百パーセントに近い確率で発生すると考えているらしい。

心配してくれるのは本当にありがたいけど、さすがに心配し過ぎじゃ……。

ローランさんたちに助けを求める視線を向けるも、気まずそうにそっと逸らされてしまった。頼みの綱がぷつりと切れる。

――そ、そんな……憧れの冒険がぁ……。

剣を振るって魔物を倒したり、貴重な素材を入手したり……という楽しいイメージが薄っすらと消えゆく中、突如アンシーの声が森に響いた。

『可愛い子には旅をさせよ……クラ！』

「か、可愛い子には旅を……!?」

シスター・モナや、それまで黙っていたローランさんたちが驚きの声を上げる中、アンシーは静かに語る。

『たしかに、冒険には危険がつきものだクラ。シスター・モナの憂うことが起きるクラかもしれない……。だけど……危険は人生にもついて回るんだクラよ。危険を乗り越えたとき……シャルルはまた一つ強くなるクラ……』

真剣な表情で語るアンシーの言葉に、みんなはごくり……と唾を飲む。

僕もまた、緊張して次の言葉を待った。

『これはシャルルが成長するチャンスなんだクラ。冒険では、戦いの仕方だけでなく、事前準備の大切さや危険察知能力に、他人との正確でスムーズな意思疎通……。これから生きる上で重要なことが一度に学べるんだクラ』

アンシーの話を聞くと、シスター・モナは納得した様子で呟いた。

「なるほど……一理ありますね……」

『一理どころか千理もあるクラ』

シスター・モナは顎に手を当ててしばらく思案していたけど、やがて笑顔で言ってくれた。

「……わかりました。クエストに行くことを許可しましょう」

「やったー！　ありがとうございます、シスター・モナ！」

「ただし、ローランさんたちの言うことをきちんと聞くのですよ」

「もちろんです！」

嬉しさと喜びで胸がいっぱいになる。

——憧れのクエストに行けるなんて！

これもアンシーのおかげだね。

ローランさんたちも嬉しそうに話す。

「俺たちに任せてくれ、シスター・モナ。シャルル君は必ず守る」

「どんな魔物でも、指一本触れさせねえぜ」

「良い成長の機会にしてみせましょう」

打って変わって、元気に答えるみなさん。

アンシーは僕の腕の中に来ると、こそっと耳打ちした。

『クエストに行けて良かったクラね』

「……アンシー……ありがとう……！」

小声で歓喜し、ぷるぷるの身体を抱きしめる。

感謝の気持ちを伝えるため、何度もなでなでしていたらローランさんが僕に告げた。

「さあ、そろそろ行こうか、シャルル君。ケイブリザードは夜行性だ。ちょうど、巣穴から出てきた頃合いかもしれん。……それに、シスター・モナの気が変わらないうちに行った方がいいだろう」

「はい、そうですね。よろしくお願いします」

「何ですか、ローランさん、シャルルさん」

「『何でもありません、シスター・モナ』」

手早く準備を済ませ、僕とアンシーはシスター・モナに手を振り教会から離れる。さっそく、ケイブリザードが棲むというデオンの洞窟に向かうことになった。

——……冒険、楽しみ！

送り出してくれたシスター・モナのためにも、全力で頑張るぞ。

「シャルル君、アンシー、ここがデオンの洞窟だ。準備はいいかい？」

「は、はい」

『で、できてるクラ』

ローランさんの言葉に、アンシーを抱えてドキドキしながら答える。

教会から歩くこと、およそ四十分後。僕たちはケイブリザードが棲むというデオンの洞窟に到着した。森の奥にある崖に、ぽかりと空いた洞窟だ。

入り口は縦横七メートルくらいと幅広く、夜が迫る周囲より一段と黒い影で覆われた入り口が予想以上に恐ろしい……。

僕とアンシーは緊張で身体が硬くなっていたのに、ローランさんたちは捕獲用のかごを確認ちだ。

したり、松明を灯したり、装備を調えたりと、手際よく準備を進める。さすがはＢ級冒険者た

何か手伝えることはないかな、と思っていたら、ローランさんが何かを僕に差し出した。

「シャルル君、洞窟にはこれを持っていきなさい」

「あの、こ、これは……？」

「ダガーナイフさ。護身用に持っていて損はない」

渡されたのは、全長三十センチメートルくらいのダガーナイフ。ずしりと重く、木製の柄が不思議と手に馴染んだ。「気をつけて、鞘から抜いてみろ」と言われ、そっと刀身を抜いた。

松明にギラリと鈍く光り、武器としての存在感を覚える。

──教会で扱うナイフや包丁とはまるで違う……。

今まで調理用や日常使いの刃物しか持ったことがないので、一段とそう強く感じた。よく見ると木製の柄には細かい傷が刻まれており、冒険の厳しい日々が垣間見える。

同時に、これがあれば魔物に襲われても大丈夫だと安心できた。

「ありがとうございます、ローランさん。でも、僕はダガーナイフなんて扱ったことがなくて、うまく使えるか心配です」

「問題ない。今ここで少し教えよう。言ってしまえば、ただ振るだけさ」

捕獲任務の準備をする間、ローランさんはちょっとだけダガーナイフの振り方を教えてくれ

た。

　振り払う動きと刺す動き。

　基本的にはこの二つができていればいいとのことで、わずかの指導でもそれっぽい動きができた。

　練習を終えたら、アンシーがぷよぷよと拍手してくれた。

『シャルル、カッコいいクラ』

　ローランさんもまた、軽く拍手してくれる。

「……とまぁ、こんな感じさ。もし魔物に襲われたら、今教えたようにダガーナイフを振り回してくれ。もちろん、君が戦うような状況にはしないよ。シスター・モナにも絶対に守ると誓ったしな」

「ありがとうございます。ローランさんのおかげで、魔物とも戦えるような気がしてきました」

　僕はまだ魔物と戦ったことはないけど、もし襲われたらこのナイフで追い払ってみせる！

　剣術指導が終わったところで、みなさんの準備も完了したみたい。ローランさんを先頭に、洞窟の前に集合する。

「クエスト内容を確認する。俺たちの目的は、ケイブリザードの捕獲だ。状態が良い方が追加報酬が出るので、なるべく鱗は傷つけないようにしろ。件のケイブリザードは地下二階で目撃されたらしい。気を引き締めていくぞ」

「「了解」」

リックさん、ローランさん、僕&アンシー、トマさんの縦列態勢で進む。

洞窟の中は薄暗くてひんやりとしており、それだけで外界とは違う世界を肌で感じた。松明の光で見やすいものの、デコボコとした地面は歩きにくい。外の森より視野も狭く、一時も気は抜けないのだと自然に教えられているようだ。

地下二階目指して歩くこと数分、突然リックさんが片手を挙げた。

「お前ら、止まれ！　ゴブリンだ！」

その言葉を合図にしたかのように、わらわらと通路横の穴から何体もの小さいゴブリンが姿を現す。等級は一番下のFだけど、ずいぶんと数が多い。

すかさず、みんなは武器を構えローランさんが叫んだ。

「シャルル君とアンシーを中心に陣形を取れ！」

「「了解！」」

僕もダガーナイフを構え、アンシーは痺れ毒発射の準備をする。

ゴブリンが四方八方から襲ってきて、戦いが始まった。

リックさんが豪快な斧の一振りでゴブリンを何体も吹き飛ばし、ローランさんが各個撃破。逃げた敵や遠くから飛び道具で狙っている敵は、トマさんが弓矢で迎撃。緊密な連携のとれたパーティーだった。

ゴブリンは全部で十二体もいたけど、あっという間に全て倒してしまった。ローランさんが剣を鞘にしまいながら僕とアンシーに話す。

「二人とも、怪我はないかい？」

『大丈夫クラ』

「はい、おかげさまで僕も大丈夫です。それにしても、ローランさんたちはさすがですね。こんなに早く倒してしまうなんて」

「なに、これくらいは朝飯前さ。……よし、先に進もう」

さらに洞窟を十分ほど進み、僕たちは地下二階に着いた。一階より一・二倍ほど通路が広く、天井から垂れ下がる鍾乳石や地面に迫り出す岩はより大きくゴツゴツとしており、まるで別世界のような雰囲気だ。

ここからはケイブリザードの探索に注力しようと相談したとき、視界の隅で何かが松明にキラリと煌めいたのが見えた。

「ローランさん、あそこに何かいませんか？」

「なに？」

十メートルほど離れた岩陰から、魔物の一部が覗く。赤と青の鱗が交互に生えたケイブリザードだ。鱗は単色ばかりだと聞いていたけど、二色のタイプもいるんだなぁ。

などと思っていたら、隣からローランさんの色めき立つ声が聞こえた。

「珍しいダブルカラーじゃないか！　でかしたぞ、シャルル君！」

「ありゃあ、追加報酬がたんまり貰えるぜ！　ついてるな、俺たち！」

「絶対に捕まえますよ！　このチャンスを逃したら、次はいつ会えるかわかりません！」

みんなで慎重に近づき、あと一歩でかごに入れられる……！　というところで、ケイブリザードが逃げ出してしまった。

「「まずい、逃げられるぞ！」」

「そ、それ！」

とっさに僕はダガーナイフを投げ、ケイブリザードの進路を塞ぐ。一瞬の動きが止まったところで、トマさんが矢を足に当てた。

『ガァッ⁉』

ケイブリザードは痙攣（けいれん）して地面に倒れる。アンシーの痺れ毒が効いたのだ。

ローランさんたちは手早くかごに収めると、口々に僕とアンシーを褒めてくれた。

「これはすごい効き目だ。こんな即効性のある痺れ毒は初めてだよ。シャルル君もナイスアシストだ」

「喰らったら俺でも倒れちまいそうだな」

「私もこれほど扱いやすい毒は見たことがありません」

「ありがとうございます」

『ありがとうクラよ』

みんなに褒められ、アンシーも嬉しそう。これにてクエストは終わり、あとはギルドに帰るだけとなった。


通路を戻り洞窟の外に出たとき、ガサガサッ！　と目の前の木々が激しく揺れた。

「な、なんだ⁉」

『……！』

勢いよく飛び出るように、謎の魔物が襲いかかってきた！

「みんな下がれ！」

ローランさんのかけ声で、僕たちは急いで後ろに飛び退いた。先ほどまでいた地面に魔物の鞭が激しく当たり、土の破片が飛び散る。魔物はずるずると森から出てきて、月明かりにその全容が明らかとなった。

巨大化したハエトリソウを思わせる植物から生えた、緑色の髪と肌を持つ少女のような風体。腰の辺りには緑の葉っぱが生え、頭の横には二輪の赤い花が咲く。

こ、この魔物は……。

——植物魔物のアルラウネだ！

頑丈な鞭や鋭い花弁で攻撃してくる魔物。等級はBだから、ローランさんたちのパーティー全体と同じくらいの力となる。人間の足部分に当たるハエトリソウが結構大きく、全体で一・五メートルくらいの高さがあった。

強敵の出現に、緊張感が張り詰める。ケイブリザードのかごはリックさんが持っており、ローランさんはトマさんと作戦を立てる。

「トマ、俺が突っ込む。援護してくれ」

「承知した」

トマさんが弓矢で援護射撃をし、ローランさんが駆ける。わずか数歩で目の前に行きロングソードで切りつけるも、鞭にガードされ僕たちの前まで弾き飛ばされてしまった。

「大丈夫ですか、ローランさん!?」

「ああ、問題ない。だが、ずいぶんと硬い鞭だな。これは少々厄介かもしれんぞ」

ローランさんは硬い声で話す。

後ろの洞窟は魔物の棲み処。アルラウネと洞窟の魔物に挟み撃ちにされる可能性もあるし、戻るのは得策ではないだろう。おまけに、夜もすっかり更けてしまった。

夜行性の魔物が本格的に活動し始める時間帯となり、戦いが長引けばまた別の魔物に襲われる危険性だってある。

――早急にこのアルラウネをどうにかしなければ……。

一種の膠着（こうちゃく）状態となる中、アルラウネの花から、青色の花粉が勢いよく立ち上り、僕たちを包み込んだ。

「「な、なんだ……身体が……っ！」」

花粉を吸い込んだ瞬間、身体が急激に寒くなった。まるで、真冬の夜に薄着で放り出されたような感覚。

──……まずい、これは毒だ。

寒さに弱いアンシーを急いで抱きしめる。毒を喰らってしまったけど、おかげで目の前のアルラウネが強い理由がわかった。

おそらく、このアルラウネは突然変異種だ。魔物の中には、たまに通常種とは異なる特性や能力を持つ個体が生まれることがある。

本来、アルラウネは毒を持たない種族。突然変異種なので、鞭も硬いし強い毒も持っているのだろう。

ローランさんたち三人もその可能性に気づいたようで、互いに厳しい表情で口にする。

「……突然変異種だったか。どうりで強いわけだ」

「等級はB＋はありそうだな。討伐するには骨が折れるぞ」

「私たちの毒武器で仕留めるにしても、彼女に毒耐性があったら望み薄でしょう」

一般的に、自分たちのパーティーより等級が上の魔物と戦うときは、念入りな準備が必要だ。今回はケイブリザードの捕獲が目的だったので、みんなは捕獲向きの軽装備。戦うと無傷では済まないだろうし、何よりせっかく捕まえたケイブリザードが逃げたり、戦いに巻き込まれて死んでしまったら元も子もない。

打開策について懸命に思索を巡らせた結果、僕の頭に一つの案が思い浮かんだ。

「ローランさん、僕に考えがあります。あのアルラウネをテイムさせてください」

「なに!?　危険だぞ、シャルル君！」

「お願いします。やっぱり、これが一番確実だと思うんです。テイムならば戦いではありませんし、互いに傷つけ合うこともないでしょうから」

『ボクも援護するクラよ』

僕とアンシーがそう言うと、ローランさんはほんのちょっとだけ考えてから、みんなに指示を出した。

「……よし、わかった。考えている暇はない！　みんな、シャルル君を援護しろ！」

「「了解！」」

ローランさんやトマさんに援護されながら、僕はアルラウネに駆け寄る。アンシーも空中を飛び交い、鞭の攻撃を引きつけてくれた。なんとかして、アルラウネの腕に触れる。

「【毒テイム】！」

『……！』

全力で魔力を注ぐと、アルラウネを白い光が包み込む。

――お願い、テイムできて……！

光は数秒ほどで収まり、彼女の全貌が露となる。攻撃的だった鞭はしなりと垂れ下がり、アルラウネは俯いて静かに佇んでいた。

もう攻撃の意志は感じられないものの、アンシーをテイムしたときと違う静寂でどこか物憂げな表情に緊張する。

「あ、あの、初めまして。僕はシャルル。もし良かったら、君の名前を教えてくれるかな」

『……………パンナ』

尋ねると、ぽそっと小さな声で名前を教えてくれた。

「よろしくね、パンナ」

『ボクはアンシー。よろしクラよ』

アンシーと一緒に明るく話しかけるも、パンナの表情は暗い。

テイムされたのが嫌だったのかな……と不安になってきたとき、ローランさんが僕の肩をポンッと叩いた。

「いやぁ、シャルル君がいてくれて本当に良かった。素晴らしい活躍だよ」

「また助けられちまったな。今日の最優秀冒険者はお前だぜ」

「私からも礼を言わせてほしいですね。ありがとう、シャルル少年」

テイムが完了してローランさんたちにも笑顔が戻り、みんな感謝してくれた。すぐ教会に戻

ろうという話になり、僕たちは帰り道を進む。

パンナは二メートルほど後ろから、ずるずると静かについてきた。まだ僕たちを警戒しているみたい。

すぐには難しいかもしれないけど、早く彼女とも仲良くなりたいな。

また小一時間ほど歩き、僕たちは教会近くに戻ってきた。今日は月夜なので、木々の上から薄汚れた壁などが見えてホッと心が落ち着く。それにしても、なんだかずいぶんと明るいようだな……。

歩きながら抱いた疑問は、森を抜けるとすぐに解消した。なんと、いつもより多くの松明を焚いてくれていたのだ。

「……シャルルさーん、お帰りなさーい」

僕たちが声をかける前に、ベストタイミングでシスター・モナが出てくる。

「シスター・モナ、ただいま！」

『ただいまクラ！』

僕とアンシーは大きく手を振って帰宅を知らせる。やっぱり、シスター・モナの顔を見ると安心するね。

ちょっとしたハプニングはあったけど、無事、僕たちは教会に帰ってこれた。

僕とアンシーはシスター・モナの胸に飛び込むと、優しい抱擁で迎えてくれた。

「ああ、シャルルさん。無事で良かったです！」

離れていた時間は半日程度だけど、何日ぶりかの再会に感じてしまう。

——怪我なく帰れて良かった……。

シスター・モナの笑顔を見ると、そう強く感じる。冒険は楽しいし何回でも行きたいけど、やっぱりシスター・モナの理解があってこそだ。

再会を喜んだ後、まずはローランさんたちとクエストについて簡単に説明する。

レアなダブルカラーのケイブリザードを捕獲できたと伝えると、シスター・モナは一緒に喜んでくれ、僕の活躍（ちょっとだけど）を聞いてさらに喜んだ。パンナ戦のときは少し危ない目に遭ったものの、どうにかうまくぼやかして伝えることができたと思う。

一通り話を聞いた後、シスター・モナは件のパンナを見て言った。

「そちらにいるのが、シャルルさんの新しいお仲間ですね」

「はい、アルラウネのパンナです。デオンの洞窟の前に広がる森でテイムしたんです」

パンナはというと、少し離れた所で待機している。こっちに来たら？　と言おうとしたら、葉っぱで身体を覆い眠ってしまった。シスター・モナも来る者は拒まずということで彼女も迎えてくれ、安心した口調で話す。

「やっぱり、ローランさんたちに任せて正解でしたね。おかげさまでシャルルさんが無事に帰宅できました」

「まぁ、ちょっとした危険はあったが、むしろ男の子には必要な試練だな、ハハハ」

「……危険？」

笑いながら放たれたローランさんの言葉に、シスター・モナの顔がピキリと硬くなる。先ほどまでの朗らかな微笑みは霧散し、代わりに厳粛で荘厳で堂々たる聖女さんが現れた。

一転して、ローランさんは冷や汗をかきながら弁明する。

「あ、いや……つまりだな。パンナはアルラウネの突然変異種で、硬い鞭と強力な毒を扱う高度な戦闘能力から、魔物の中でもB＋という高い等級だと思われるんだ。さすがに、戦うとただでは済まない。そこで、シャルル君が迫り来る強靱な鞭を間一髪でどうにか躱して、命懸けのテイムをすることになったんだよ」

次から次へと危険そうなワードが飛び出してきて、シスター・モナの表情はどんどん硬くなった。僕とアンシーはそっと額に手を当てる。

「どういうことですか、ローランさん。シャルルさんを危険から守ってくれるのではなかったのですか？　無事にテイムできたから良かったものの、そんな硬い鞭に攻撃されたらシャルルさんの柔らかい身体が吹き飛んでしまいます。……よろしいですか？　私はずっとメサイア様にお祈りを捧げておりました。その苦労もみなさまが無茶をしては報われないわけでして……」

　案の定、説法が始まってしまった。リックさんとトマさんが脇腹を小突く中、僕とアンシーもそっと隣の頼れるリーダーに話す。

「『……ローランさん』」

「す、済まない、みんな……。俺はほんの少しばかり口下手であってだな……」

　しばらくありがたいお言葉をみんなで聞き、一件落着した。

　シスター・モナはパンッ！　と手を叩き、笑顔が戻った顔で喋り出す。

「さあ、何はともあれ晩ご飯にしましょう。ローランさんたちもご一緒にいかがですか？」

「ありがとう、シスター・モナ。だが、今日は遠慮しておこう。なるべく早くケイブリザードを納品したいんだ」

「たしかに、それもそうですね。では、またの機会にしましょう」

　僕も一緒に冒険した尊敬できる仲間と晩ご飯を食べたかったけど、ケイブリザードの納品の方が大事だ。

　パーティーの三人とお別れの握手を交わしたとき、僕の腰に下げた武器の重さを感じ取った。

「あっ……そうだ。ローランさん、ダガーナイフをお返しします。貸していただいて、どうもありがとうございました。おかげさまで、安心してクエストに挑めました」

　そこにあるだけで、僕を安心させてくれたダガーナイフ。離れるのは、なんだか寂しくなっちゃうね。

　哀愁を感じながら差し出したら、ローランさんは静かに押し返した。

「いや、返さなくていい。シャルル君、それは君にあげるよ。クエストを助けてくれたお礼さ」

「ええ⁉　いいんですか⁉」

「ああ、ぜひ、受け取ってほしい。中古品で申し訳ないが」

「いえいえ、とんでもないです！　ありがとうございます！」

　なんと、ダガーナイフをいただいてしまった。まさか貰えるなんて思っていなかったので、嬉しさと喜びが胸にあふれる。

　しかも、ローランさんたちはたまに剣術の稽古をつけてくれることになり、僕の初めての冒険は最高の一日で終わった。

　ローランさんたちと別れて小一時間後。食堂のテーブルには、パンや肉野菜のスープ、季節のフルーツなど、質素ながらレパートリーに富んだ料理が並ぶ。
　お腹がとても空いており、手当たり次第に食べたいのだけど、ご飯を食べるのと冒険の話をするのとで忙しかった。

「ゴブリンは少し怖かったですが、洞窟の地下二階は見たことないくらい美しくて、自然の教会みたいでした」

『ボクも海の中にいたら見られない光景を見られて楽しかったクラ』

何度も同じことを話してしまったような気がするけど、シスター・モナは決して嫌がらず笑顔で聞いてくれた。

「シャルルさん、もっとお話を聞かせてください」

「ええ、もちろんです。まず、デオンの洞窟に行くまで深い森を抜けたのですが、気をつけないと迷ってしまうくらい景色が似ていて……」

冒険の話を楽しく話すうちに、夜は静かに更けていった。

『……シャルル。シャルル、起きてクラ』

「ん……」

頬にぷにゅぷにゅとした感触を覚え、眠りから覚めた。目をゆっくりと開けると、顔の横にアンシーがいた。外は真っ暗だけど、起きる時間が来ちゃったらしい。

「ええ～、もう朝～？」

『静かにっ、一階から怪しい物音が聞こえるんだクラ』

「……物音？」

ベッドから下り、扉に耳を当て神経を集中させた。……たしかに、ガサゴソと何かを探すような音がわずかに聞こえる。最初はシスター・モナが探し物でもしているのでは……と思ったけど、説法の寝言が聞こえてきたのでその線は消えた。

「子猫でも迷い込んだのかな」

『泥棒クラかも』

「一応、見に行こうか。シスター・モナにも知らせよう」

シスター・モナはすぐに起きて、小さなランプを用意してくれた。僕はローランさんに貰ったダガーナイフを持って、三人で慎重に一階に下りる。

物音は厨房から聞こえるようだ。扉の陰からそっと様子を窺うと、暗がりで蠢く黒い影が二つあった。シルエットや大きさから、たぶん人間だ。

僕たちはこくりとうなずき合うと、シスター・モナがランプをかざして厨房に入った。

「そこで何をしているんですかっ」

「クソッ！　シスターが来やがった！」

明かりに照らされたのは、四十代半ばくらいの二人の男だ。短剣を引き抜かれた瞬間、アンシーがすかさず触手から毒液を発射して、男たちの顔に当てる。

「うわっ！　顔に何かついた！」

「目が痛え！　ちくしょう、逃げるぞ！」

男たちは厨房のガラスを突き破ると、あっという間に森の中に消えてしまった。シスター・モナは窓際でしばらく森にランプを向けていたけど、やがて僕たちの所に戻った。

「シャルルさん、お怪我はありませんか？」

「はい、僕は大丈夫です。アンシー、守ってくれてありがとう」

『当然のことをしたまでクラよ』

床には飛び散ったガラスの他に、虫除けクリームが散乱している。個数を数えるとちゃんと全部あったし、他の物も盗まれてはいなかった。

「彼らは何が目的だったんでしょう」

「……おそらく、シャルルさんの虫除けクリームを盗んで、どこかで転売しようとでも思ったのでしょう。残念ながら、この街には邪（よこしま）なことを考える人も大勢います」

「そんな……」

サンドラさんやローランさんみたいな良い人が多いから忘れがちだけど、ここは元々はぐれ者の漂着場と呼ばれるほど治安が悪い地域なんだ。

――僕がみんなを守らなければ……。

そう決心しながら、ダガーナイフを固く握り締めていた。

第四章：街の風土病

「……ふっ！　……それっ！」

ローランさんたちとのクエストから五日後。僕は教会の前に広がる庭で、朝食後に一人で剣術の修行をするのが日課になった。

今もまた、愛用のダガーナイフを振ったり突き出したりと、教わったことを復習している。

一通りメニューを終えると、アンシーがタオルを渡してくれた。

『だいぶ様になってきたクラね。冒険者と言われてもおかしくないクラ』

「ありがとう、アンシー。このまま練習を続けていきたいね」

汗を拭きながら答える。

剣術の腕が上がれば、森の深い所まで行けるだろうし、またクエストに同行できるかもしれない。そうすればまた新しい素材が手に入り、製薬の幅が広がる。良いことずくめだ。

それに、憧れの冒険や素材採取のため以外にも、剣術を磨くことには大事な意味があった。

「僕は強くなって……アンシーやパンナ、そして、シスター・モナを守りたい……！」

『シャルル……！』

アンシーの目にうるうると涙が浮かぶ。ストレージ・シティにはローランさんやサンドラさん、シスター・モナなど、良い人がたくさんいる。

でも、中には盗賊や強盗といった悪人もいるはずだ。

この地域は別名、はぐれ者の漂着場というくらいだから、警備の衛兵や王国騎士団はいない。

今、シスター・モナは祈祷で街に出かけており、教会には僕とアンシーとパンナだけ。こうしている間にも悪人が教会を狙おうとしているかもしれない。

自分の身は自分で守らなければならないのだ。いざというときのためにも、日頃から剣術や体力は鍛えておくべきだと思っていた。

アンシーの涙をハンカチで拭いてあげたところで、庭の隅っこでひっそりと佇むパンナが気になった。全身が葉っぱに包まれており、表情はわからない。彼女は教会に来てから、ずっとあのままだ。ご飯（僕たちと同じ食事）をあげるときは顔を見せてくれるものの、食べたらまた葉っぱに隠れてしまう。

教会に来てから何度も会話を試みているけど、特に返事をしてくれることもなかった。

——でも、このままじゃダメだ。

パンナも僕の大事な仲間。

……いや、まだ仲間ではない。

もしテイムされたのが嫌だったのなら、契約を解除しよう。そのためには、彼女の真意を聞く必要がある。

僕はパンナの前にしゃがんで話しかけてみる。

「ねえ、パンナ。少し話してもいいかな？」

……返事はない。その大きな葉っぱで覆われた身体が動くことはなく、庭を静寂が包む。

今日もダメかな……と思ったとき、葉っぱがゆっくりと開いて薄緑色の顔を見せてくれた。

『……話していいよ』

「ありがとう、パンナ！」

『お顔が見えたクラ！』

話してくれた！

テイムして名前を聞いたとき以来の、小鳥がさえずるような可愛い声だ。せっかく話してくれた彼女を傷つけないよう、僕は慎重に本題を切り出す。

「あのね、僕にテイムされたのが嫌なのか心配なんだ。あのときは僕たちも必死だったから、ああするしかなかったんだけど、もし嫌なら今すぐにでも契約を解除するよ」

僕が言うと、パンナは無表情のまま答える。

『別に、シャルル君にテイムされて嫌とかは思ってない。……思ってないの。あなたたちは良い人間みたいだし……』

「そっか、嫌ではなかったんだね」

嫌じゃないとわかり心の中でホッと一安心する中、パンナはおどおどとしたどこか自信なさそうな表情に変わった。

『……さっき、あなたが言っていたことは……本当？』

「え……？　さっき言っていたこと……？」

『わたしたちを守りたいって、言葉……』

デオンの洞窟前で僕たちを襲ってきたときとは、まるで違うしょんぼりとした雰囲気に彼女は包まれている。

その理由がなぜかはまだわからないけど、これだけはたしかだ。

「もちろん、本当だよ。僕はパンナもアンシーもシスター・モナも守りたい。この気持ちに嘘はないんだ」

僕はこの街に来て、数々の大切な人に救われ、元気を貰った。彼らに少しでも恩を返して、もし傷つけようとしてくる存在がいたら、毅然とした態度で立ち向かいたい。

パンナは下を向いたまま、ぽつりと呟く。

『わたしはここにいていいのかな……』

「もちろんだよっ、当たり前じゃないかっ」

思わず、大きな声で言ってしまった。

――そんなの、いていいに決まっている！

そう伝えたけど、相変わらずパンナは俯いたままだ。

『でも、わたしはいない方がいい気がする……群れからも追い出されたアルラウネだから……』

「『えっ⁉』」

庭に僕とアンシーの驚きの声が響く。そのまま、パンナは自分の事情を話してくれた。

突然変異種として生まれた彼女は毒を持つ。そのせいで周りのアルラウネから怖がられ、群れの中でも疎外され、やがて追放されてしまったと……。

パンナに罪は何もないのに、聞けば聞くほど辛くて悲しい過去だった。

『……わたしは毒のあるアルラウネ。近くにいたら危ないよ……』

庭にパンナの小さな声が消えていく。僕はしばし彼女の話を反芻していたけど、無論追い出すような真似は絶対にしたくない。彼女ともっと一緒にいたかった。

「実はね、パンナ。毒から薬を作ることができるんだよ」

『……薬を？』

「うん。ここにいるアンシーのおかげで、良質な虫除けクリームができたんだ」

僕は彼女に《アンシーの虫除けクリーム》の話をする。サンドラさんや農家のおばさんたちなど、人々の役に立ったという話を興味深く聞いてくれた。

そして、どうしても伝えたいことを話す。

「パンナの毒も必ず誰かの役に立つと思う。……いや、僕が必ず役に立たせるよ。だから、ここにいない方が良いとか、そんな悲しいことは言わないで。僕はパンナにいてほしいよ」

『ボクもだクラ。せっかくの仲間なんだクラから、仲良くしたいクラ』

そう伝えると、パンナはにこりと笑ってくれた。

『シャルル君……アンシー君……ありがとう。実はね、シャルル君にテイムされてから毒のない花粉も出せるようになったんだよ』

「えっ、そうなの？」

『うん、こんな感じ……』

パンナが頭の花をぽんぽんと叩くと、赤くてキラキラした花粉が舞い上がる。薔薇のような甘くて芳醇な香りが漂い、心が豊かな気持ちで満たされた。

「気持ちが安らぐいい香り〜」

『ボクも幸せな気分だクラ』

『シャルル君のおかげで、私も普通のアルラウネになれたね……』

可憐な花が咲いたかのような優しい笑顔に、僕とアンシーも笑顔になる。

そこまで話したところで、ちょうどシスター・モナが街から戻ってきた。

「『お帰りなさい』」

「ただいま帰りました。すみません、予想以上に遅くなってしまいましたね……まぁ、パンナさん。元気になられたのですか？」

『心配かけてごめんなさい、シスター・モナ。もう大丈夫だから』

シスター・モナは葉っぱから出たパンナを見ると、ぱぁっ！　と明るい笑みを浮かべる。パンナを気遣って干渉しないようにしていたけど、やはり心配していたのだ。

シスター・モナは嬉しそうなものの、その顔には疲労が滲む。教会の時計を見たら、彼女が街に行ってから二時間も経っていた。

「あの、祈祷が忙しかったんですか？　一時間ほどの予定だったんじゃ……」

「ええ、そうなんです。今、街では高熱が出る〝ゲナ病〟という風土病が流行っていましてね。ストレージ・シティでは、毎年この時期になると流行るんです。あちこちの家を回っていたら遅くなってしまいました」

「えっ、風土病……！」

何それ、怖い。ドキリとしていたら、シスター・モナが詳細を教えてくれた。

毎年この時期になると変わった風が吹き、高熱の出る病気が増えるそうだ。咳や喉の痛みなど他の症状はないものの、住民は高い熱に苦しむと聞いた。放っておいても治るみたいだけど、やはり高熱は辛い。

「シャルルさんも体調管理に気をつけてください。子どもから大人までかかる病気ですし、今は季節の変わり目ですから」

「わかりました。夜もまだ寒いですしね」

『ボクも寒いの苦手クラ』

今の季節は春の始まりで、昼は暖かくとも夜は冷える日が多い。僕だって、夜はアンシーを抱いて寝る日々だ。

それにしても、熱が出る風土病か……。熱以外の症状がないのは不思議だ。

この世界にも細菌やウイルスがいるのかな……なんてことを考えたとき、僕はビビーン！と閃いちゃった。

――パンナの毒を使って、解熱薬を作るぞ！

彼女の毒は体温を下げる毒。だから、うまく加工すれば、解熱薬として使えるはず！

みんなにも僕の考えを話したところ、大賛成とのこと。

僕たちはパンナを連れて、教会の厨房に移動する。


「……パンナ、ここが厨房だよ。僕はいつもここで薬を作っているんだ」

『見たことない物がいっぱい……』

三人と一緒に厨房に来た僕は、道具を準備しながらパンナに説明する。

彼女はずっと外にいたので、教会の中に入るのは初めてだ。物珍しそうに鍋やフライパンなどを眺めていた。

「シャルルさんは凄腕の毒薬師なのですよ」

『薬を作る作業は面白いクラよ』

『へぇ～』

二人の言葉にパンナは楽しそうに呟く。

僕は三人の話を聞きながら棚を探し、広口の瓶を取り出した。

「これに毒を入れてくれる？」

『いいよ』

パンナは瓶を受け取ると、髪の花から丁寧に花粉を落とし入れてくれた。半分ほど溜まったところで、ちょっとだけ舐めてみる。

「……にがぁ～い」

パンナの毒は結構苦かった。まるで生のゴーヤをそのままかじったみたい。これでは、子どもや赤ちゃんは飲みにくいだろう。大人だって飲みづらいかもしれない。飲まなきゃいけない薬でも、なるべく飲みやすい味にしてあげたいよ。

苦みに震えていたら、隣のシスター・モナが心配そうに言った。

「大丈夫ですか、シャルルさん。味をみる必要があるのなら、私がしますよ」

「ええ、大丈夫です。それに、薬を作るのは僕ですから、味見もやらせてください」

「そうですか、無理はしないでくださいね。……とはいえ、祈祷で治りきらないのは問題がありますね。私のメサイア様への信仰心が足りないということでしょうか。今以上にもっと厳しい修練を積まなければ……」

我らが聖女さんは、傍らでぶつぶつと呟き始める。

シスター・モナには口が裂けても言えないけど、たぶん祈祷じゃ病気は治らないと思う。

よって、結局のところは薬が必要だ。

パンナの毒をそのまま粉薬にすると、おそらくというか確実に濃度が濃過ぎるね。襲われたときの一瞬でさえ、身体が凍えたのだ。飲んだ人はことごとく氷漬けになってしまうだろう。

しばし思案した結果、味の問題もあるしシロップみたいな薬にすることに決めた。水で何段階かに薄めていけばいいかな。

天秤で毒の重さを量っていたら、シスター・モナが僕に尋ねた。

「シャルルさん、子どもの薬の量は大人と違うと思いますが、どうやって計算するんですか？わかりやすいとありがたいのですが……」

ポチりと押されたやる気スイッチにより、僕の心にはマグマのようにふつふつとやる気がみなぎるぅ……！

「ええ！　小児量の計算には何種類かありましてっ、代表的なのはYoung式やClark式、Augsberger式にCrawford式が有名ですかねぇっ！　もっと簡易的な方法としてはっ、Von Hamack表という計算式がありますっ！　では、それぞれの計算方法をお教えしますっ！　……よろしいですか？　まず、Young式は対象者の年齢割る十二プラス……」

「全然わかりませんっ！」

シスター・モナの叫び声が厨房に響き、僕は意識を取り戻した。

息も絶え絶えなシスター・モナとアンシー&パンナのぽかん……とした顔を見て、何が起きたのか実感する。

――……またやってしまったね。

この前暴走しないと誓ったばかりなのに、さっそくビリビリに破ってしまった。

常態化しないことをメサイア様に祈り、シスター・モナに向き合う。

「こほんっ……。要するに、子どもの体重に合わせて毒の量を減らします」

「なるほど、そういうことでしたか」

シスター・モナも納得してくれ、作業を再開する。

味付けは砂糖にしようかな。教会にもわずかにある白砂糖は大変に貴重なので、入手しやすい茶砂糖を少しずつ混ぜる。

二倍希釈、三倍希釈、四倍希釈……と濃度を調整した結果、六倍希釈の薬液が一番効力を発揮することがわかった。子ども用は毒の量を三分の一とする。

作業を進めた結果、テーブルには青い液体が入った小瓶が二本並んだ。

《パンナの解熱薬》

説明:突然変異種のアルラウネが持つ冷却毒から作られた、即効性の解熱薬。茶砂糖で甘く味付けされており、子どもや赤ちゃんでも飲みやすい。

無事にお薬が完成した。大人でいうと二十回分くらい。

みんな、パチパチぷよぷよと拍手で完成を祝ってくれた。

「シャルルさん、さっそく街に行きますか？」

「はい、ぜひ。パンナも一緒においで」

『……うん、わかった』

実際に、自分の毒が役に立つ場面を見てもらった方がいいだろう。

ということで、僕たち四人はストレージ・シティの街へと向かう。

「……さあ、どうぞ。ゆっくり飲んでくださいね」
「ああ……」
額と頬が赤く火照った黒髪のお兄さんに、解熱薬を飲んでもらう。こくりと一口飲むと、たちまち火照りは消えて顔色が良くなり、その顔に活力が戻った。
「具合はどうですか？」

「もうバッチリさ！　あっという間に熱が下がっちまったよ！　すごいな、君！　本当にありがとう！　いくらだい？　今は持ち合わせがないから、後払いだと助かるんだが……」

「一口一〇〇テレジアです。もちろん、お支払いはいつでも大丈夫です」

「なんだ、そんなに安くていいのか？　金はすぐ持ってくるよ。ありがとな！」

病気だったのが嘘のように、お兄さんは笑顔で自宅に戻る。入れ替わるように、今度は顔の赤い女性がやって来た。

「……ぼく……次は私にも……その薬をくれるかしら？」

「もちろんです。どうぞ、椅子に座ってください」

小瓶からスプーンに薬を移し、お姉さんにも飲んでもらう。

街に着いた僕たちは、街路の一角を借りて簡易的な薬屋を開いた。小さなアンシーに比べてパンナは結構大きいし強力なアルラウネなので最初は住民にも驚かれたけど、テイムしたことを伝えるとすぐ街に馴染んだ。

《パンナの解熱薬》はゲナ病に効果てきめんで、一口飲むだけで熱が下がった。ぶり返す可能性もあるので安心はできないけど、特効薬と考えて間違いないだろう。しばらくは、こうやって街で薬を配るつもりだ。次の人を呼ぼうとしたら、不意に列が騒がしくなった。

「おい、そこをどけ！　どきやがれ！」

茶髪のお兄さんがずかずかと列を押し退け、僕の前に来る。

「ガキ、さっさと薬を寄越せ！　熱が出て辛いんだよ！」

　前世にもこんな人はいたっけ。レジ待ちや病院の会計待ちなどで横入りするマナーの悪い人。異世界にもいるのだな、と思った。

「ちゃんと並んでください。辛いのはみんな一緒です」

「シャルルさんの言う通りですよ。一番後ろに並び直してください」

「なんだと⁉」

　僕とシスター・モナが言うと、茶髪のお兄さんは怒る。辛いのはわかるけど、順番は順番だ。現に、ずっと待っている人がたくさんいるのだ。

「そうだよ、横入りするな」

「順番は守りなさい」

　列に並ぶ住民たちも加勢してくれ、茶髪のお兄さんはぶつぶつと文句を言っていたけど、最後尾に並んだ。

　薬の配布を再開したところで、アンシーが僕の耳元で囁く。

『シャルルは立派クラ』

「それこそ、当然のことをしたまでだよ」

　小一時間ほどで二本の小瓶は空っぽになり、薬屋の営業は一旦終了する。〔またすぐ来ます〕という看板を立てていると、ゲナ病から解放された住民たちにわいわいと囲まれてしまった。

「ありがとう、天上天下の毒薬師シャルル君！　おかげで、娘が元気になったよ！」

「メサイア様、我らに天上天下の毒薬師を授けてくださり誠にありがとうございます！」

「シャルルこと天上天下の毒薬師がいれば、風土病も怖くないな！」

　みなさん、口々に大仰な二つ名を言っては褒めてくれる。

「やっぱり、シャルルさんはストレージ・シティにとっても必要不可欠な人材ですね」

『シャルルは立派な男の子だクラ』

　シスター・モナとアンシーも労（いたわ）ってくれる中、パンナは喜ぶ住民たちを眺めると呟くように静かに言った。

『わたしの毒がみんなの役に立って良かった』

　春の柔らかい日差しが、パンナの嬉しそうな笑顔を照らす。

　その後、パンナに毒を貰い解熱薬を作っては配る日々を送り、ストレージ・シティの風土病であるゲナ病は完全に収束した。

第五章：王国騎士団と新しい仲間

ゲナ病が収束した後も、僕は剣術の修行と素材の採取をする日々を送っていた。今もまた、教会前の庭でダガーナイフを振っている。

最初はただ振るだけだったけど、今は細めの丸太を相手にしていた。ローランさんたちが、対人戦や対魔物戦の良い練習になるとアドバイスしてくれたのだ。

ナイフを固く握り、丸太を凶暴な魔物だと思って向き合う。真剣に見れば見るほど、トレントなどの強力な魔物に見えてきた。

同時に、僕の一挙手一投足を森の中から視(み)られている感覚にも陥り、一段と緊張感が増す。

『シャルル、頑張るクラー』

『頑張ってー』

「怪我しないよう、メサイア様にお祈りしておきますからねー」

少し離れた僕の後ろからは、アンシーやパンナ、シスター・モナの応援する声が聞こえてきた。僕の大事な人たち。

――魔物や盗賊に襲われても、僕が絶対に守る……！

そう強く決心し、勢いよく地面を蹴った。丸太の前に飛び出し、ダガーナイフを素早く斜めに振り上げると、切断された木の破片がカランッ！　と地面に落ちる。

一瞬の沈黙の後、シスター・モナたちの歓声が沸く。

「素晴らしい成長ぶりですよ、シャルルさん！」

『お見事クラ！』

『街一番の剣士だねー！』

三人ともパチパチぷよぷよと拍手してくれた。

さすがにローランさんたちの足下にも及ばないけど、日々の鍛錬のおかげで少しずつ剣術も上達している。このまま、健康的にかつ元気に過ごしていきたいものだね。

シスター・モナたちの所に戻ったら、突然、教会の前に広がる森がガサガサッと騒がしく音を立てた。教会に来る人たちは、基本的にみんな街道を歩いてくる。本当に魔物か盗賊が来てしまったのだろうか。

ダガーナイフを強く握り、三人の前に立つ。

「みんなは僕の後ろに！」

「いつの間にかこんなに立派になってしまって……背中が逞しいです……うっうっ」

『こういうときは泣かないでほしいクラ』

『はい、シスター・モナ……』

パンナが僕のポケットからハンカチを取り出し、シスター・モナに渡す気配を背中で感じていると、音の正体が明らかとなった。彼らの様相から盗賊や強盗の類いではないとわかり、ホッとひと息つく。

森から現れたのは、銀色の鎧兜（よろいかぶと）を身につけた何人もの騎士たちだ。みな、左胸にテレジア王国の紋章である獅子の横顔が刻まれており、正式な王国騎士団だった。

こんな辺境の街に騎士団が来るなんてなかなかないけど……どうしたんだろう。シスター・モナもまた、「珍しいお客様ですね」と不思議そうに呟いた。

騎士は全部で五人いて、僕たちの前に来るとそれぞれ兜を脱ぐ。先頭にいる隊長と思しき女性は赤い髪と赤い瞳が力強い印象で、他はみな黒髪の凛々しい男性だった。

女性の騎士が厳しい顔つきでシスター・モナに話す。

「突然の訪問失礼する。我らはテレジア王国騎士団独立部隊、〝浮雲〟である。私は隊長のジュリエットだ。ここはメサイア聖教の支部だとお見受けするが、あなたがこの教会の聖女か？」

「おやまぁ、それはまたご立派な方々ですね。おっしゃる通り、ここはメサイア聖教の支部で、私は聖女のモナと申します」

シスター・モナは軽く「おやまぁ」なんて言っていたけど、僕は部隊の名前を聞いてものすごい衝撃を受けてしまった。

浮雲と言ったら、テレジア王国でも有名な独立部隊だ。精鋭が集まる騎士団の中でさらに精鋭が集まり、敵国や不穏分子の偵察など、特殊な任務を引き受けると聞く。まさか、実物に出会えるなんて思ってもみなかった。

僕が感動で静かに震える中、ジュリエットさんは険しい表情のままアンシーとパンナを見る。

「そのポイズンジェリーとアルラウネはなんだ？　なぜ魔物がこんなに人間の近くにいる？」

ギロンッ！　という効果音が聞こえそうなほどの威圧感に、二人ともそっと僕の後ろに隠れてしまった。

――こ、これが……浮雲の隊長……。

僕もまたドキドキしていたけど、シスター・モナは特に威圧感など覚えないのか、いたって普通に返す。

「こちらの魔物はアンシーさんとパンナさんです。どちらも、ここにいるシャルルさんがスキルでテイムした仲間です。シャルルさんの力で私たち人間とも会話ができますよ。仲良くしてあげてください」

シスター・モナの説明を聞いて、浮雲のみなさんは顔を見合わせる。会話できる魔物なんて初めて見た……などという小さな声も聞こえた。

「……なるほど、そうだったか。テイマー系統のスキルとは便利じゃないか。やるな、シャルル少年」

「あ、いえ、ありがとうございます」

ジュリエットさんは迫力のある笑顔を僕に向けた後、ストレージ・シティに訪れた理由を話してくれた。

「……さて、我々が訪れた用件を伝えたい。実は、とある貴族が飼育していた魔性グリフォンが逃げ出し、この辺りの森に逃げ込んだという情報がある」

「「ま、魔性グリフォンが……!?」」

彼女の言葉に、僕とシスター・モナは驚きの声を上げる。僕の背中に隠れるアンシーとパンナからも、息を呑む音が聞こえた。

魔性グリフォンはれっきとしたA級魔物だ。鋭い爪と牙、強靱な翼を持ち、尻尾の蛇からは傷がひび割れる毒を出す。そんな危険な魔物をペットにするなんて、お金持ちの人が考えることは不思議だ。

ジュリエットさんもまた、ため息を吐きながら話を続ける。

「君たちも知っての通り、魔性グリフォンはA級の危険な魔物だ。野放しにしておくのはまずい。そこで、ちょうど近くを巡回していた我々が討伐することになったんだ。申し訳ないが、討伐が終わるまでこの教会を拠点にさせてくれないか？」

「ええ、それはもちろん構いませんが……大変なことになってしまいましたね」

A級の魔性グリフォンが相手ならば、いくら手練れの部隊浮雲でも無傷では済まないだろう。

彼女の話を聞きながらも、僕は考えていることがあった。

魔性グリフォンもまた、毒を持つ魔物……それならば……。

「あの、ジュリエットさん……」

「なんだ？」

相変わらず、僕を見る瞳は厳しい。常に最前線で戦う者の覚悟や決意を感じる。それでも、どうしても頼みたい。

深呼吸し、ゴクリと唾を飲んでから言った。

「魔性グリフォンの討伐に……僕も連れていってもらえませんか？」

「……なぜだ？　私の納得できる理由を申せ」

意を決して言うと、ジュリエットさんは厳しい視線で僕を見る。でも、頑なにダメだとは言わず理由を話す機会をくれるのだから、むしろ優しさを感じて背筋が伸びる思いだった。

「シスター・モナも話していましたが、僕は毒魔物をテイムする【毒テイマー】というスキルを持っています。もしかしたら、魔性グリフォンには貴族から逃げた理由があるかもしれませんですし、テイムしたら事情がわかると思います」

「ふむ……」

ジュリエットさんは顎に手を当て、僕の話を真剣に聞く。子どもの言うことにもちゃんと耳を傾けてくれるのだから、立派な方だ。

しばらく考えると、ジュリエットさんはこう言ってくれた。

「……よろしい、同行を許可する」

「本当ですか⁉　ありがとうございます！」

「魔物の飼育自体は禁じられていないが、シャルル少年の言うように何かしらの問題があった可能性もある。もし、テイムできたら、その辺りの事情も明らかになるだろう」

一緒に来て良いと言われ、ホッと安心すると同時に嬉しさを感じる。毎日、少しずつでも鍛錬を積んできた甲斐があったね。

でも、相手は強力なA級魔物。みんなの足を引っ張らないようにしないと。

気を引き締める僕の耳に、ジュリエットさんの声が聞こえてきた。

「実を言うと、我々は森の中からシャルル少年の剣術を見ていたんだ。その年にしては良い動きをすると思ってな。君の腕ならば、最低限自分の身を守ることができるだろう。それもまた、同行を許可した理由だ」

「そうだったんですか」

彼女の話を聞いて、鍛錬をしているとき感じた視線の正体が何だったのかわかった。丸太を相手にしたときの視線は、ジュリエットさんたちだったのだ。どうやら、見られていたのは気のせいではなかったらしい。

そこまで考えたところで、僕はとある重要な事実にハッと気づいた。

――シスター・モナの許可を貰わずに話を進めてしまった……！

一度クエストに行ったことはあるものの、魔性グリフォンなんてケイブリザードは足下にも及ばない強力な魔物だ。危険がいっぱいじゃないか。

そっと後ろを見ると、柔らかな微笑みを湛えたシスター・モナがいた。

「シャルルさん、気をつけて行ってきてくださいね。おいしいご飯を作って待っていますから」

「えっ、いいんですか？」

思わず問い返すと、シスター・モナはにこりとうなずいてくれた。

まさか、許可をいただけるなんて……。

感動に震える中、彼女は優しく語り出す。

「ともに過ごすうち、私は気づきました。危険を排除し過ぎると、それは逆にシャルルさんの成長も邪魔してしまうと……。ですから、できるだけ送り出すことにしたのです。もちろん、限度はありますけどね」

「シスター・モナ……ありがとうございます……」

──きっと、僕を信頼してくれているんだ。

彼女の笑顔を見ると、そう強く感じられた。


その後、話し合った結果、森へ探索に行くのはジュリエットさんと騎士が二人、僕とアンシーの計五人となり、残りのメンバーは教会に残ることに決まった。魔性グリフォンは教会に来る可能性もあるため、全員で森に行くのは避けたのだ。

　僕はパンナの手を握ってお願いする。

「シスター・モナをよろしくね、パンナ」

『任せて……』

　魔性グリフォンはA級だけど、パンナだってB＋級だし、精鋭が揃う王国騎士団の騎士も二人いる。たとえ襲われても大丈夫だろうと思えた。

　ダガーナイフを腰に下げたところで、一緒に森に行く騎士たちが挨拶してくれた。

「よろしく、シャルル君。僕はクリストフという名前さ」

「俺はレスリーだ。よろしく頼む」

「よろしくお願いします」

　クリストフさんとレスリーさんとも握手を交わし、僕たちは森に足を踏み入れる……。

　森の中に入って、すでに十分ほど経った。教会から離れるほど木々は空高く鬱蒼(うっそう)と茂り、周囲は夕暮れのように暗くなる。
　おそらく魔物と思われる生き物が蠢く音や謎の鳴き声など、不気味な音が立ち込め、同じ森でも場所によってこれほど様相が違うのかと驚いた。

さらに数十メートルほど進んだところで、ジュリエットさんが僕たちを止め、周囲の木を指さす。

「これは……爪痕だな……」

いくつもの木の幹には四本の鋭い爪痕が刻まれ、よく見ると森の奥へ奥へと続いている。そして、魔性グリフォンの爪の数も四本。

まだ確定はできないけど、この先にいる可能性は高い……という話をして、警戒しながら歩を進めたとき、上空から大きな蛇がクリストフさんに襲いかかってきた。

「ぐあぁっ！」

森にクリストフさんの悲鳴が響く。蛇の牙が鎧ごと貫通したのだ。しかも、襲ったのは単なる蛇ではなかった。

樹木の上から舞い降りるは鷲（わし）のような頭を持ち、力強い四肢に白い翼をはためかせる二メートルほどの大きな魔物……探し求めていた魔性グリフォンだった。

すかさず、ジュリエットさんが斬りかかり、クリストフさんから距離を取らせた。

「大丈夫か、クリストフ」

「た、隊長、僕には構わず……魔性グリフォンを……！」

「まずは傷を見せろ」

息も絶え絶えにクリストフさんが言う中、ジュリエットさんは彼の鎧を外す。僕とアンシーもすぐ駆け寄り、鎧の取り外しを手伝う。

僕たちから距離を取った魔性グリフォンは、剣を構えるレスリーさんが注意深く様子を見張っており、戦闘は一時膠着状態に陥った。

蛇の攻撃を受けたのは左の前腕で、四本の咬み痕からじわじわとひび割れが進んでいる。

ジュリエットさんが手持ちの回復薬をかけるも、ひび割れの進行を抑えるのが精一杯だった。

冷静沈着なその顔に、わずかに焦りが生まれる。

「……予想以上に強力な毒だな。一度撤退して、医術師の元へ連れていく」

「ダ、ダメです、隊長……ここで撤退しては、魔性グリフォンの行方が……わからなくなります……」

ジュリエットさんの言葉に、クリストフさんは息も絶え絶えに首を振った。任務の達成と自分の身体を天秤にかけ、なおも任務を優先する。王国騎士団の騎士としては当たり前かもしれないけど、このまま放っておくわけにはいかなかった。

ストレージ・シティに医術師はおらず、エイゼンシッツ辺境伯はちょうど森の反対側だ。運んでいたら間に合わないかもしれない。

解決策を導き出すため必死に頭を働かせると、一つの可能性が思い浮かんだ。

「あの、僕に考えがあります。僕が魔性グリフォンをテイムして、その毒からクリストフさんの薬を作ります」

「なに、そんなことができるのか？」

ジュリエットさんは疑問の声を出し、僕は薬の精製方法についてみんなに簡単に説明した。

「……よし、その可能性にかけよう。レスリー、聞いていたな！　私とお前で魔性グリフォンの動きを止めるぞ！」

「了解！」

レスリーさんは答えるとともに、黄色いポーションを魔性グリフォンに向かって投げた。近くの木に当たると激しい閃光が迸り、魔性グリフォンは翼を羽ばたかせ猛スピードで飛んでくる。何本もの木々が生えているのに、まったく意に介さない。

勢いよく振り下ろされた爪の一撃をジュリエットさんとレスリーさんが剣で防御し、甲高い金属音が森に響いた。

「『今だ、シャルル！』」

「はい！　……【毒テイマー】！」

一瞬動きが止まった魔性グリフォンの前足に手を当て、全力で魔力を込める。その身体を白い光が包み、数秒後には光が収まった。

魔性グリフォンは静かに地面に降り立つと、静かに首を垂れる。

『ぼ、ぼくはニコラ……。ごめんなさい……ぼく、人間が怖くて……』

ニコラは苦しむクリストフさんを見ながら、申し訳なさそうに話す。

「い、いや、気にするな……うぐっ……！」

クリストフさんは話すも、次の瞬間には苦痛に顔を歪める。ひび割れは徐々に前腕から、手首、上腕へと広がっていた。このままでは全身に伝わるのも時間の問題だ。

僕はそっとニコラの腕に手を置く。

「僕はシャルル。ニコラ、お願い。僕に君の毒を分けて。僕は毒から薬を作れるんだ」

『わ、わかった』

今いる森の深部では他の魔物に襲われる可能性もあり、薬の精製は教会で行うことに決まった。僕とアンシー、クリストフさんがニコラの背中に乗って一足先に戻る。

――あの方法なら、ひび割れを起こす毒から傷薬が作れる……！

三人でニコラの背に乗り、教会へと急ぐ。魔性グリフォンには初めて乗ったけど、想像以上の速いスピードだ。

景色がどんどん後ろに流れる中、ニコラの不思議そうな声が聞こえた。

『ぼくは飛ぶのが苦手だったんだけど、なんだかすごく速く飛べる……』

「きっと、僕のスキルの副次的効果だと思う。【毒テイマー】スキルは、テイムした魔物に特別な力を授けるんだ」

『そうなんだね。ぼくも頑張らなくちゃ……！』

今一度ニコラにしっかり掴まり教会を目指す。

「……あそこが教会だよ、ニコラ。降りてくれるかな」

『うん』

三分も飛ぶうちに教会の屋根と女神像つきの十字架が見え、ニコラにゆっくりと降りてもらった。シスター・モナやパンナたちは、ニコラが仲間になったと伝えるまでは大変に驚いていた。一旦は笑顔で迎えてくれるも、クリストフさんの状態を見ると表情が一変する。

「シャ、シャルルさん、いったい何があったのですか⁉」

「ニコラの毒を喰らってしまったんです。今すぐ僕が治療薬を作るので、一緒に医務室に運んでくれませんか？」

「もちろんです！」

簡単に事情を説明しながら、シスター・モナたちとすぐにクリストフさんを医務室へ運んだ。

ジュリエットさんとレスリーさんも、ほんの少し遅れて到着する。ニコラの飛翔スピードは結構速かったのに、全然遅れていなかった。さすがは浮雲の隊員だ。

「大丈夫か、クリストフ……」

ジュリエットさんは心配そうに、ベッドに横たわるクリストフさんに話す。

「は、はい、なんとか……」

意識はあるものの、その顔色は先ほどより悪い。ひび割れもまた、進行度が増してきた。森で使った回復薬の効力が消えてきたのだ。

——早急に治療薬を作らなければ……！

僕は今一度気を引き締める。

「じゃあ、ニコラ。ここに毒を入れて。できれば、八割くらい欲しいんだけど大丈夫かな」

『うん、平気だよ』

用意しておいた空瓶を差し出し、ニコラに毒を入れてもらう。尻尾に生えた蛇の牙から、ぽたりぽたりと藍色の毒液が落ちる。

毒液が溜まるまで、もう一つの準備を進める。用意するのは紙と羽根ペンにインクだ。

サラサラと装飾のような魔法陣を描き始めると、シスター・モナが不思議そうに僕に言った。

「シャルルさん、それは何ですか？　私も見たことがないタイプの術式ですね」

「これは反転魔法陣です。簡単に言うと、毒の効力を反転させる魔法陣です」

各地を放浪する薬師の一族である〝ヨルビ族〟には、反転魔法陣という秘術が伝わる。その名の通り、毒が持つ力を真反対に変えるのだ。

血を止まらなくする毒は逆に血を止める薬になり、身体の動きを鈍くする毒は逆に動きを速くする薬になる。毒に応じた反転魔法陣を描くことで、彼らは常に新しい薬を作ってきた。

僕が五歳の頃、アスカリッド領にも一族の薬師が訪れたことがあり、興味を持つと長のおばあさんが特別に教えてくれたのだ。

当時から僕はすでに、たくさんの薬や毒の難しい本を読んでいた。今思えば、前世の経験があったから人より物覚えが早かったのだと思う。長はそんな僕を、「幼いながら、知識も興味も深くて立派だ」と評してくれ、特別に反転魔法陣の秘術を授けてくれた。ヨルビ族は数を減らしており、いつこの技術が消えるかわからないからとも……。

その中には、魔性グリフォンの毒に関する反転魔法陣もあった。教えてくれた薬師はここにはいないけど、代わりに魔法陣のレシピは頭の中に全部入っている。数分も羽根ペンを走らすと、一つの魔法陣が完成した。中央の空欄にニコラの毒が入った小瓶を置く。

——あとは魔力を注ぐだけ……！

深呼吸して、魔法陣に手をかざす。

「生成！」

反転魔法陣が薄い黄色に光り輝き、濃い藍色だった毒液が明るくて活力あふれるオレンジ色に変わった。

《ニコラの傷薬》

説明：魔性グリフォンが持つひび割れる毒に対する特効薬。通常の傷薬としても使用可能。

反転魔法陣で生成されており、効果は非常に強力。

やった！　成功だ！

僕は小瓶を持って、クリストフさんの傍に急ぐ。

「クリストフさん、治療薬ができました。今、ひび割れている所にかけますからね」

「ああ、頼む……」

鎧を外した左腕に少しずつかけると、ひび割れがどんどん修復されていく。強力な毒だった分、効き目が強い薬になったのだ。

一本丸々使い切ると、クリストフさんのひび割れは完全に消失した。

左腕はついさっきまで大変な異常があったなんてわからないほど健康そのもので、僕は安堵のため息を吐く。同時に、医務室をわっと歓声が包んだ。

「クリストフの傷が治った！　治ったぞ！　よくやった、シャルル少年！」

「ありがとう、シャルル君！　良かった！　本当に良かった！」

ジュリエットさんや他の騎士たちは、歓喜の表情でクリストフさんに抱きつく。無事に怪我が治って僕もすごく嬉しい。

アンシー、パンナ、シスター・モナと一緒に騎士たちを微笑ましく見守る中、ニコラが静かに呟いた。

『実は、ぼくは……飼い主の人間に攻撃されていたんだ……』

「……えっ」

そのまま、ニコラは自分の生い立ちを話してくれた。

元々、とある貴族の領地に棲んでいた、魔性グリフォンの両親から生まれたそうだ。両親とはとても仲が良く、領主である年老いた貴族夫妻も魔物たちに優しく接してくれる幸せな日々だった。

ところが、貴族夫妻が他国へ外遊に出た途端、凶暴な息子が領地を掌握して全ては変わってしまった。

ニコラや彼の両親など領地に生きる温厚な魔物を、毎日鞭や棍棒で叩く。赤ちゃん魔物を盾にされていたので、ニコラの両親も抵抗できなかったそうだ。暴力に耐え兼ねたニコラたちは脱出を決意し、各地を放浪していた、と話してくれた。

でも、旅路の途中で遭遇した激しい嵐により両親とは離れ離れになり、もうずっと会っていないとも……。

ニコラは力のない顔で静かに話を続ける。

『殴られた記憶が頭にこびりついていて……どうしても、人間が怖かったの……ごめんなさい……』

しょんぼりとうなだれるニコラを見て、僕たちも悲しい気持ちになる。

人間の暴力が彼を恐怖させ、攻撃的にさせてしまったのだ。最初は貴族夫婦から優しくされていたので、衝撃はなおさら大きかっただろう。

僕はニコラのふかふかした頭を撫でる。

「……ニコラは悪くないよ。悪いのはその貴族の息子なんだから」

『シャルルくん……』

人間に暴力を振るわれたら、怖くなったり警戒するのは当たり前だ。僕たち人間だってそうなのだから。僕は気持ちを引き締め、ニコラの目を正面から見て話す。

「よく聞いて、ニコラ。もうわかっていると思うけど、人間には良い人間と悪い人間がいるんだ。でも、この教会にいるのは良い人ばかりだから安心して。決して、君を殴ったり暴力を振るうことはしないから」

『……うん』

そう話すと、ニコラは笑顔に戻ってくれた。

クリストフさんもまた、微笑みながら話す。

「なかなかの毒だったよ。君は将来、強い魔性グリフォンになれそうだね」

『ありがとう……』

医務室の中から切羽詰まった緊迫感は姿を消し、代わりにほんわかした優しさがあふれた。

「世話になったな、シャルル少年。またいつか会おう」

「こちらこそお世話になりました。ぜひ、またお会いしたいです」

僕は教会の前で、ジュリエットさんたち浮雲のメンバーと握手を交わす。

クリストフさんの怪我は傷薬のおかげで完治し、すぐに出立することになった。息子貴族の件は、ジュリエットさんが王宮に報告してくれるとのことだ。

出会ってから半日程度しか経っていないけど濃密な時間を過ごしたこともあり、僕は彼女らから戦友みたいな印象を受けてしまった。

街道を進む彼女らを見送ると、傍らからシスター・モナたちの声が聞こえた。

「今回もシャルルさんは大活躍でしたね。クリストフさんを救ってくれて、本当にありがとうございました」

『シャルルは勇気ある少年だクラ。ボクも見習わないといけないクラね』

『カッコ良かったよ……でも、無理はしないでほしいな』

三人に褒められ僕も嬉しい。そして、横にはもう一人……。

「これからよろしくね、ニコラ」

『……うん！』

弾けるようなニコラの声が空に響く。

僕たちに、また新しい仲間ができた！

第六章：盗賊団

ストレージ・シティの酒場で、見かけぬ男たちが盃を呷っては肉を貪り喰っていた。他の客はさりげなくテーブルや椅子を離して距離を取る。店主の中年女性と娘のウェイトレスもまた、どこか怯えた様子で彼らの食事を見守る。

この街ではならず者の類いや訳ありの人間たちが訪れることは珍しくもなんともないが、彼らは纏うオーラがまるで違った。

男たちはみな、左肩に金属の肩当てを装備しており、そこに刻まれた不気味な悪魔が彼らが何者かを示していた。

――〝悪奪党〟と呼ばれる、十二人のA級盗賊団。

ストレージ・シティにもその名は知られており、客や店主親子は悪意が向けられないか戦々恐々としている。

悪奪党はみな、有史以前女神メサイアと争ったとされる魔神デビルピアを信奉する〝魔神教〟に属する人間であった。強盗や略奪こそが、魔神を讃える聖なる行いだと信じる悪人たち。

世間からはみ出した者たちが集まるこの街でも、彼らの悪意は際立って見えた。

盗賊団の一人が、ひときわ大柄で眩しい黄色の髪を短く刈り込んだリーダーに話しかける。

「頭ぁ。どうやら、魔性グリフォンは街外れの教会にいるガキが捕まえたらしいですぜ」

「ああ、らしいな。テイムなんて面倒なことをしてくれたもんだ」

シャルルがニコラをテイムした話は、すでにストレージ・シティに広まっており、悪奪党は住民を脅す必要もなく知ることができた。

部下の男は酒を飲み干すと、不気味な笑みを浮かべて言う。

「教会のガキから奪ったら、どうやって売りさばきましょうか」

「そりゃあ、もちろん闇オークションで売ってやるさ。魔性グリフォンは珍しいからな。貴族どもは高い値をつける。売りさばいた後、買ったヤツから奪い返せばまた稼げるぜ」

リーダーの男は豪快に笑いながら話す。

悪奪党を率いるのは、A級賞金首〝強奪のザガン〟。顔を切り裂くような三本の横線がトレードマークの、元A級冒険者の男だった。

魔性グリフォンは希少性が高く、闇ルートで売れば大金が手に入る。しかも、子どもならなおさらだ。

ザガンは盃を呷って空にすると、部下たちを鼓舞した。

「さあ、行くぞ、お前ら。善は急げっ、てな」

「ま、待ってください、お代を……！」

ぞろぞろと店の出口に向かうザガンたちに、店主が立ちはだかる。亡き夫から引き継いだ大事な店だ。このまま見過ごすわけにはいかない。

ザガンは店主を見ると、鼻で笑いながら吐き捨てた。

「お代？　いけねぇ、忘れてた。もちろん、払ってやるよ。……お前の娘を売った金でなぁ」

「なっ……！」

ニヤニヤしながら放たれた言葉に、店主は娘を強く抱きしめる。怯える親子を見たザガンは、わざとらしく店を眺めては脅迫めいた言葉を囁く。

「それにしても、よく燃えそうな建物だな。おい、不審火に気をつけろよぉ？　世の中には物騒な人間がいるからさぁ」

暗に娘の誘拐や放火を仄めかすと、店主親子は抱き合って震え、道を空けた。ザガンたちは一テレジアも支払うことなく、高笑いを残して酒場を後にする。

目指すは高値で売れる魔性グリフォンの子ども。街の外れにある教会目がけて、悪意の歩を進めた。

確実に手に入る宝箱が目の前に待っている……。

ニコラをテイムしてから十日ほど。僕は教会の庭でみんなに絵本を読んであげていた。

「……空にはいつまでも、美しいお星様が輝いていました」

『もう一回読んで、シャルルくんっ』

本を読み終わると、ニコラにもう一度読んでとせがまれた。ニコラはまだ子どもなので、教会にある本を読み聞かせする日々を送っているのだ。

主に道徳に関しての絵本を読み聞かせ、善良な心について教えていた。人間の文字は読めなくとも、絵がいっぱいなら内容もわかるようだった。アンシーやパンナも絵本は楽しいと言っていて、今度ストレージ・シティに新しい本を買いに行こうと思う。

傍らのシスター・モナは絵本を読む僕たちを見て、天使みたいな柔らかい笑顔で話す。

「シャルルさんもすっかりお兄さんになってしまいましたね」

「いえ、まだまだ子どもです」

そう言いつつも、心の中で思う。

僕は子どもでも、毒魔物たちのテイム主ではあるのだ。

――アンシーたちを導いていける存在にならなければ……。

みんなとお喋りしていたら、キンッ！　という甲高い音とともに、突然、森の中から矢が飛んできた。

『危ないっ』

すかさず、パンナが硬い鞭で弾いてくれ、矢は地面に落ちる。矢はおもちゃではなく、冒険者のトマさんが使うような戦闘用の物だった。

これは明らかにいたずらなどではない。悪意のある攻撃だ。

僕たちが緊張して森を見ていると、木々の奥から何人ものならず者が現れた。

……全部で十二人。かなりの大人数だ。

彼らの左肩にある金属製の肩当てを見ると、その正体がわかった。

——悪奪党。

魔神デビルピアを信奉し、略奪を繰り返す盗賊団……。アスカリッド領にいた僕も、その名は知っている。

だとすると、リーダーはあの男だろう。

——まさか、こんな辺境に現れるなんて……。

アンシーやパンナ、ニコラも、険しい表情で僕たちの周りに密集した。

僕は片手を挙げてシスター・モナを守りながら、中央の一番豪華な装備をつけた男に問う。

「お前たちは悪奪党だな。何しに来た?」

「ガキまで俺らを知ってるとは光栄だねぇ。おい、お前が魔性グリフォンをテイムしたらしいじゃねえか。面倒なことをしてくれたが、許してやる。探す手間が省けたし、ちょうどメサイア聖教の聖女さんもいるしな。魔物も人間も高く売れるぜ」

男が笑うと、周りの部下たちも下卑た笑い声を上げる。

「今なら負けを認めてやる。痛いのは嫌だろ？」

「逃げてもいいぜ。その代わり、金と魔性グリフォン、聖女は置いていけよぉ」

「お前みたいなガキに勝てるわけないんだ。俺たちには強奪のザガン様がいるからな」

その名を聞き確信を得た。

――やっぱり、リーダーは強奪のザガンだったか……。

彼もまた、名の知れたA級賞金首だ。

ザガンは腰の大きな長剣を抜くと、鋭く僕たちを睨んだ。

「さーって、お喋りはおしまいだ。魔性グリフォンと聖女、ついでに教会の金もいただくぜ。周りの魔物はおまけだな」

盗賊団は一斉に武器を構える。僕もまた、ダガーナイフを引き抜いた。

「シスター・モナは下がって！」

『ボクたちが守るクラ！』

『わたしもいる……！』

『悪い人たちは倒すよっ！』

僕とアンシー、パンナ、ニコラは、シスター・モナの前に立ちはだかる。

――大事なシスター・モナは絶対に守る！

今こそ、修行を積んだ剣術を活かすときだ！

「お前ら、やっちまえ！　金はもう目の前だ！」

ザガンのかけ声とともに、盗賊団が一斉に襲いかかってくる。僕もまたダガーナイフを力強く握り締め、アンシーとともに勢いよく駆け出した。

盗賊の目の前に躍り出ると、三人が斧や長剣で斬りつけてきた。

「「死ね、ガキ！」」

「はっ！」

攻撃をよく見てから一歩引いて躱し、反撃の斬撃を与える。三人の腕に小さなかすり傷が生まれた。

盗賊たちは一瞬固まると、大笑いする。

「かすり傷とか可愛いな、おい！　よくできまち……！」

最後まで言うことなく、彼ら三人の身体はがくんっ！　と倒れ込んだ。びくびくと身体は不規則に痙攣し、立ち上がる気配もない。

仲間の異変を見て、周りの盗賊も動きを止めた。

「「な、何しやがった、このガキ……」」

「僕のナイフには、痺れ毒がある」

『大人でもビリビリに痺れちゃうクラ！』

「「毒……だと⁉」」

盗賊たちに動揺が広がる。

ニコラをテイムしたときから、念のため《アンシーの痺れ毒：強力タイプ》をポケットの中に常備していた。矢の一撃を受けた後、そっとナイフと鞘の間に流し込んでおいたのだ。

毒ナイフならば、致命傷を与える必要はない。かすりさえすればいい。

盗賊たちは一瞬動きを止めた後、同時に攻撃してきた。

「……クソッ！　一斉に襲いかかれっ！」

迫りくる剣や槍を間一髪のところで避け、最低限の動きで反撃を与える。戦いながら、パンナやニコラの戦闘が目に入った。

『シャルル君やシスター・モナを傷つけようとする人は許さない……！』

「な、なんだ、この寒さはっ……！」

少し離れた場所では、パンナの青い毒花粉が舞い上がる。寒さで鈍った敵を、硬い鞭で次々と攻撃しては気絶させていた。

『ぼくだって戦えるんだからね！』

「か、身体がひび割れていくぞっ！　助けてくれぇ！」

ニコラは一度に六人もの盗賊を相手にしていたけど、空中を猛スピードで飛び交い、強靱な爪で切り裂き、蛇の噛みつきで倒しまくる。

乱戦の最中、一人の盗賊がシスター・モナのもとに走り寄った。

「舐めやがってえええ！」

――まずい！　シスター・モナが！

あの心優しく聖女のお手本であるシスター・モナに、人を殴るなんて野蛮なことができるはずもない。一生懸命追いかけるけど、小さい子どもの身体では距離が遠い！

あと五メートルという所で、盗賊が殴りかかった。

――シスター・モナ、逃げて……！

「おとなしく捕ま……ぐああ！」

直後、盗賊は激しい悲鳴を上げる。

顔を押さえて崩れ落ちる盗賊の陰から、シスター・モナの姿がゆらりと見えた。手に持つは、太い金属の棒から垂れた鎖付きのトゲトゲの鉄球……。

あ、あれは……！

――モーニング・スターだ！

なんと、シスター・モナはモーニング・スターを装備していた。

ど、どこにそんな物騒なものを……！

倒された仲間を見て、すかさず別の盗賊が彼女に襲いかかる。

「アマのくせに調子乗ってんじゃ……」

「メサイア様に祝福あれー！」

「ぐがぁっ！」

シスター・モナは何の躊躇もなく盗賊の顔を砕き、鮮血が宙を舞う。トゲトゲの鉄球を思いっきり叩きつけているわけだから、相当な重傷のはずだ。

女神様に祈れば何をしても良いわけではないと思います……。

たぶん、シスター・モナにとって、盗賊たちは異教徒なんだろうな。だから、心置きなく攻撃できるのだ。

もちろん心配なので、アンシーと一緒に急いで彼女のもとに駆け寄った。

「だ、大丈夫ですか、シスター・モナッ。怪我はありませんかっ？」

『大丈夫クラかっ⁉』

「問題ありません。いつ異教徒に襲われるかわかりませんからね。常に護身具を身に着けているのです。それに、たとえどんなに傷つけても、私の【小ヒール】で治せばいいですから。迷いはありません」

シスター・モナはきっぱりと言う。

やっぱり、対異教徒用の装備だったらしい。そして、【小ヒール】の回復効果は弱かったはずじゃ……と頭の片隅で思ったけど、何も言わず黙っておいた。

さて、まだ油断はできない。一番の大物が残っている。

盗賊たちが地面で苦しむ間を歩き、ゆっくりと近寄る大きな影があった。

「なかなかやるな、ガキ。喜べ、お前も一緒に売りさばくことに決めたぜ」

ザガンだ。

仲間が倒れても下手に慌てず、むしろこの状況を楽しんでいるようにさえ見えた。

僕はダガーナイフを強く握り、一挙手一投足を見逃さないよう目に神経を集中させる。

「お前たちの悪事はここまでだ」

「そうかい。……せいぜい頑張ることだなぁ！」

大きな長剣が脳天目がけて斬りかかってくる。スピードは速いものの、直線的な軌道なので動きは見切ることができ、横に動くだけで躱せた。

『シャルルを守るクラ！』

僕が躱すと同時に、アンシーが正確にザガンの目を狙い毒液を放つ。

「……ちくしょうっ、目に当てやがった！」

毒液が直撃し、ザガンは両手で目を覆う。いくら弱い毒でも、粘膜が剥き出しの目では効果が倍増する。

視界を奪った一瞬の隙をつき、ダガーナイフでザガンの右腕を切り裂いた。たちまち、ザガンの大きな全身が細かく痙攣する。

「……うぐっ！　こ、この俺がこんなヤツらに……！」

徐々に足から力が抜けていき、ザガンは地面に倒れた。

「善良な心は誰にも負けないんだ」

僕はダガーナイフを鞘に収めながら言う。周りの盗賊たちも、全員地面で気絶している。

悪意あふれる襲撃者たる悪奪党との戦いは、僕たちの勝利で終わった。

教会にあった丈夫なロープで盗賊たちを縛り上げる。各々毒でダメージを喰らっていることもあり、僕たちでも縛ることができた。

シスター・モナは教会の前でザガンたちを正座させると、とうとう説法を始める。

「あなたたちは今まで、何度も罪を犯してきました。誠心誠意、償わなければなりません。ですが、ご心配なく。あなたたちがここを訪れたのも、全てはメサイア様の思し召し。魔神デビルピアなど信奉するなということです。……よろしいですか？　まずは、メサイア様の素晴らしさをお教えします。せっかくですので、この世界の成り立ちからお話ししましょう。今からおよそ幾千年前、この地は深い深い闇に覆われていました。そこに現れたのが、女神メサイア様でいらっしゃり……」

前から思っていたけど、説法をしているときは本当に楽しそうな笑顔だ。

僕はニコラにローランさんや冒険者たちを呼んできてもらうようお願いし、アンシーたちと一緒に庭の隅っこで見張りながら説法を聴いていた。

……五時間後。

日も暮れ始めたところで、ザガンたちはようやくシスター・モナの説法から解放された。みなアンデッドのように顔はやつれ、目は激しくくぼみ落ちている。本当にものすごい疲労感だ。

彼らはアンシーやニコラの毒を解毒する代わりに、メサイア聖教に改宗することを誓い、シスター・モナの弾けるような笑顔が印象的だった。

教会の前には、ニコラが呼んでくれたローランさんたち総勢十五人の冒険者が集まっており、ザガンたちを回収する。

シスター・モナが戦闘の様子を説明すると、ローランさんたちは僕を褒めてくれた。

「すごいぞ、シャルル君。A級賞金首を倒すなんて、ずいぶんと強くなったな。立派なもんだ」

「いえ、剣術を指導してくれたみなさんのおかげです」

「賞金だって、三〇〇万テレジアもの大金だ。盗まれないように気をつけるんだぞ」

「はい、ありがとうございます」

悪奪党はストレージ・シティの隣に広がるエイゼンシッツ領に引き渡すことに決まり、ローランさんたちが連れていく。

「ほら、もっとシャキッと歩け。……こいつら、本当にA級盗賊団か？」

に向かう。

ローランさんたちにどつかれ、ザガン始め悪奪党はしょぼしょぼとエイゼンシッツ辺境伯領

「「ぅあぁ～」」

彼らの姿が見えなくなると、シスター・モナやアンシーたちも口々に僕を褒めてくれた。

「シャルルさんは天上天下の毒薬師どころか、ストレージ・シティの英雄ですね」

『素早い立ち回りに痺れたクラ』

『シャルルくん、すごい強かったよ……』

『強い心に優しい心、ぼくも見習わないとね』

見上げる空は赤く、美しい夕日が見える。

無事、盗賊団から大事な仲間を守ることができた。

第七章：行商人と橋

ザガンたち悪奪党を倒してから数日後。

もうすっかり平和な日常が戻っていた。あの後ローランさんたちが報告に来てくれたけど、悪奪党はエイゼンシッツ辺境伯が引き受け、王都に移送されるそうだ。

ストレージ・シティにも平穏が戻り、サンドラさんや住民たちが教会に来ては僕を褒めてくれた。中でも、酒場の女主人親子に特に感謝されたっけ。今度ご飯を食べにおいでね、と言われたので、シスター・モナたちと一緒に行こうと思う。

『シャルル、何してるクラ？　パンナの番が始まるクラよ』

「あっ、ごめん。ちょっと、ぼーっとしてた」

アンシーの声で我に返った。

僕たちは今、教会の庭で物真似ごっこをして遊んでいる。互いの特徴や口癖を真似して、どれくらい似ているかバトルしているのだ。アンシーとニコラの物真似はもう終わり、次はパンナの番だった。

パンナは僕たちの前に来ると、こほんっと軽く咳払いする。

『じゃあ、アンシーの物真似をするね………ボクはひなたぼっこが大好きクラ～』

「『……似てる～！』」

パンナは身体を回転させ、垂れ下がった鞭をゆらゆらと揺らす。暖かいのが好きなアンシーは日中ひなたぼっこをすることが多く、葉っぱがゆったり動く脱力した様子からもふわふわとした浮遊具合が伝わる。非常に再現度が高い物真似だった。

『次はシャルル君の番だよ……』

「誰の物真似にしようかなぁ」

アンシーは今パンナがやったし、ニコラの飛ぶ様子とか楽しいかもしれない。意表をついてローランさんとか？

しばし、思案した後、ベストな人を選ぶことにした。

「よし、シスター・モナの物真似をしよう」

『『おおお～』』

我らが聖女さん。物真似をするのに、これほどふさわしい人はいない。真似するだけで心が清らかになりそうだ。

僕はこほんっと咳払いし、あの長い説法を思い出しながら話す。

「本日もお日柄が良いですね。これも全てはメサイア様のおかげです。……よろしいですか？女神メサイア様は全てを見通しており、私たちの祈りが……」

シスター・モナになりきって、なんちゃって説法を始める。聞くのは辛いのに、やってみるとなかなかに楽しかった。

アンシーやパンナ、ニコラは楽しそうに見ていたのに、少しするとなぜかそそくさと僕から離れ始める。

みんなぁ～、どうしたのぉ～？　まだ始まったばかりだよぉ～？

「シャルルさん」

「……えっ」

凛とした品格を感じるお声が背中から聞こえ、僕はギギギ……と振り向く。

いつの間にか、僕の真後ろにシスター・モナがいらっしゃった。天使にも負けない優しい笑顔を浮かべて。

──物真似をしていたのが……バ・レ・た……。

「そんなに私の説法が好きだったとは思いませんでした。心から嬉しい限りです。せっかくですので、少し早いですが夜の分の説法を始めましょうか。ご心配なく。夜は夜でお話ししますからね。楽しみにしていてください」

「えっ」

怒ってはないみたいで安心した……のだけど、代わりに追加の説法をいただいてしまった。

シスター・モナはさりげなく逃げつつあるアンシーたちを、ぎゅんっ！　と見る。

「アンシーさんにもパンナさんにもニコラさんにも、メサイア様の素晴らしさをお教えしますからね」

『『えっ』』

僕たちはあれよあれよと正座させられてしまい、本物のありがたい説法が始まる。

ああ、今日も空が美しい……と思っていたら、森の中からハスキーな声が聞こえた。

「シスター・モナー！　元気にしてたウサかー？」

声の方向を見ると、兎の耳を生やした少女が手を振っている。

彼女は……！

――兎人族だ！

亜人の中でも珍しい種族で、僕も初めて出会った。大きなリュックを背負っており、どことなく行商人の雰囲気を感じる。

シスター・モナは彼女を見ると、ぱぁっと明るい笑顔になった。

「あら、コペルさん。お久しぶりですね。お元気そうで何よりです。いらっしゃるのをお待ちしておりましたよ」

説法が中断されて安心するとともに、僕たちもコペルさんと呼ばれた兎人族のもとに向かう。

「元気も元気ウサよ。最近はいつも通る道が使えなくて、違うルートを通ってきたんだウサ。おや……なんだか、知らないうちにお仲間が増えたみたいウサね」

「ええ、そうなんです。こちらがシャルルさんで、そちらがアンシーさんで……」

コペルさんが不思議そうに話すと、シスター・モナが僕たちを紹介してくれた。

一通り握手と自己紹介を終えると、コペルさんはどんっと胸を張る。

「こう見えても、ミーは〝ラビビン・キャロリット商会〟の会長ウサよ」

「えっ、そうなんですかっ⁉」

彼女の言葉に、僕は思わず大きな声を出してしまった。

ラビビン・キャロリット商会と言えば、テレジア王国でも一、二を争うほど大きく、大陸全土でも最高峰クラスの商会だ。会長は兎人族だったんだ。

そんな偉い人が来るなんて思いもしなかったけど、辺境ほど珍しい品物や素材があるのかもしれないね。

シスター・モナは手をポンッと叩き、ふふんっとしながら話す。

「そうだ。コペルさんにもシャルルさんが作った薬を見ていただきましょう。きっと、お気に召すはずです。なんといっても、毒魔物をテイムする【毒テイマー】スキルを持ち、天上天下の毒薬師と呼ばれるくらいですから」

「薬ウサか⁉　ぜひ、見たいウサ！　いやぁ、すごそうな二つ名ウサね！」

薬と聞いた瞬間、コペルさんの瞳は光り輝いた。【毒テイマー】スキルについて簡単に説明し、毒から薬を作っていることを話すとさらに驚く。

みんなで教会の中に案内し、今まで作った薬を見せた。

《アンシーの虫除けクリーム》、《パンナの解熱薬》、《ニコラの傷薬》……。コペルさんは目を輝かせて数々の薬を確かめている。

比喩ではなく、本当に光を発している⁉

「ふおおお～、なんちゅう高品質な薬の数々ウサか～！　ミーの【鑑定】スキルが光り輝くウサウササ～！」

彼女の様子を見ていると、目が光る理由がわかった。

――コペルさんは【鑑定】スキルを持っていたんだ！

僕たちは魔力の籠もったアイテムなら、どんな物かなんとなくわかるけど、正式な等級分けは【鑑定】スキルを持つ商人や鑑定士が行っていた。自分でアイテムの鑑定もできるなんて、さすがはラビビン・キャロリット商会の会長だ。

一通り薬の鑑定が終わると、コペルさんは満足げに話す。

「……いやぁ、どれもこれもS級クラスの品ばかりウサよ～。すごい薬の数々だウサ。……ところで、シャルル氏～」

「は、はい、なんでしょうか」

コペルさんはくねくねと身をよじり、揉み手をしながら僕に頼む。目だけはギランッと商人の目だった。

「もし良かったら、少しばかり売ってくれないウサ～？」

「え、ええ、もちろんいいですよ。好きなだけお売りしますので」

「やったウサー！　これで大儲けウサササー！」

売りますと答えたら、コペルさんは両手を挙げて激しく喜んだ。シスター・モナもまた、涙ながらに語る。

「そんなに素晴らしい薬の数々だなんて、やっぱり、シャルルさんはなくてはならない存在になったのですね……うっうっ」

「あ、いや、どうなんでしょうね……」

ハンカチを渡し涙を拭いてもらう中、コペルさんはぶつぶつと何かを呟いていた。

「しかし、これだけの高品質な薬……運ぶのが大変ウサね。南の道はザガンたちが占領しているし……割られたりしたら大変ウサよ……」

ん？　……ザガンだって？

先日、教会を襲撃したあの悪党たちの名前が、たしかに聞こえた。まだ倒した情報が伝わってないらしいので早速報告する。

「悪奪党なら僕たちが倒しましたよ。今頃は王都に連行されているはずです」

「……ウサ？」

話した瞬間、コペルさんはピタッと動きを止めた。

僕はザガンとの一件について、簡単に説明する。

アンシーたちと協力して無事に倒せたことを話し終わるや否や、コペルさんは聞くに堪えない悪口を言いまくる。

「あいつらは本当に○※◆□△！●で、？□％！※△◆＋なヤツらで、○！□※％△※●したかったんだウサよ！」

「そ、それは良かったです」

どうやら、通行料をせしめるなど行商人相手にも悪事を働いていたらしく、相当なストレスを溜めていたことがわかった。そのまま、コペルさんはちぎれそうな勢いで僕の腕を振りまくる。

「ありがとウサよ！　シャルル氏のおかげで、安心して旅をすることができるウサ！　シャルル氏の活躍は、ミーが責任を持って王様に伝えるウサよ！」

「え、ええっ！」

「こんなすごい薬も作れて、剣も強い勇気ある少年！　伝えないわけにはいかない！　……ウサ！」

王様に僕の活躍を伝えるって、結構な大事になってしまった。でも、力強く拳を突き上げて天に誓うコペルさんを見ると、とてももう断れない。

そんな彼女を見て、シスター・モナは楽しそうに話す。

「コペルさん、今日晩ご飯をご一緒しますか？」

「……するに決まっているウサよ！」

みんなで晩ご飯を食べることになり、コペルさんを交えてわいわいと夕食を囲んでいたら、あっという間に夜は更けていった。

翌日、コペルさんが出発する日がきた。もう少し滞在するのかと思っていたけど、すぐに王都に向かいたいとのことだ。

今はみんな一緒に、教会の前で彼女の準備を手伝っている。リュックは伸縮性抜群の素材でできており、見た目以上に収納力があった。

それでもたくさんの薬を入れるとパンパンに膨らみ、僕たちは彼女が持てるか心配になる。僕も少し触ってみたけど、ずしりと重かった。

「あの、コペルさん。結構重いですが大丈夫ですか？」

『なんだか、小さな山みたいクラ』

心配する僕たちに反して、当のコペルさんは満足げに話す。

「問題ないウサ。良い品がいっぱいだとテンション上がって、重い物も軽くなるんだウサ。早く王様に見せたいウサね。……ところで、シャルル氏～」

くねくねと揉み手をしながら僕に近寄った。たぶん、この感じはまた何かの頼み事だ。

なんですか？　と言うと、彼女はぱぁっ！　と笑顔になった。

「実は、悪奪党以外にも行商上の問題があるんだウサよ。森の西側に王都への近道があるウサが、大きな毒魔物が塞いでいて通れないんだウサ」

「なるほど、それは困りましたね」

「そこで、シャルル氏にテイムしてくれないかな〜、と思ったウサ。……いや、思っただけウサよ？　思っただけウサ！」

コペルさんは思っただけということをしきりに強調するも、僕の答えは一つだけだ。

「もちろん、いいですよ。やらせていただきましょう」

「本当ウサか!?　さっすが、シャルル氏！　助かった、助かったウサ！　これで、商売も安泰ウササー！」

両手を挙げて大喜びするコペルさん。ウサウサと踊る彼女に僕は聞いてみる。

「その毒魔物の種類はわかりますか？」

「あれは幻魔猫ウサね。間違いないウサ」

幻魔猫かぁ……。C級の魔物で、爪の先からは人や魔物を眠らす毒を出す。個体によって性格が大きく異なり、凶暴な性格から優しい性格まで様々だ。

念のため、装備はしっかりしといた方がいいね。

「森の西側はツタ類の植物が多いウサから、ニコラ氏は絡まってしまウサかも」

というコペルさんの助言もあり、森に行くのは僕とアンシー、パンナ、コペルさんの四人となった。

アンシーは触手を、パンナは拳をグッと握る。

『魔物に襲われてもボクがいるから安心クラよ』

『わたしもいるから……大丈夫……』

「ありがとう、二人とも……じゃあ、ニコラはお留守番よろしくね」

『任せて、シャルル君。教会もシスター・モナもぼくが守るから』

誇らしげに胸を張るニコラの頭を撫でる。魔性グリフォンは強いので、彼一人でも大丈夫だと思う。

ザガンたちの件もあるし、危なくなったらシスター・モナを乗せて逃げてね、と伝えておいた。

「それではシスター・モナ、行ってきます」

『『行ってきます（クラ）』』

「お世話になったウサ～」

僕たちが言うと、シスター・モナはにこりと笑って送り出してくれた。

「気をつけて行ってきてくださいね。私もみなさんの安全を、メサイア様にたくさんお祈りしておきますから」

高速で十字を切るシスター・モナに手を振り、僕たち四人は森の西側に向かう。

教会から歩くこと、およそ二十分。

僕たちは森の西側に着いた。周囲の木々にはどれもツタが巻き付いており、地面を歩く僕たちにも垂れかかるくらいだ。たしかにニコラがいたら、歩くたび翼に絡まりそうだね。

木の葉やツタによる陽光も遮られてるためか、昼間なのにやけに暗かった。先頭を歩くコペルさんが振り向いて話す。

「暗いから足下に気をつけるウサよ。もう少しで幻魔猫がいる場所に着くウサ」

「わかりました」

『『了解（クラ）』』

僕たち三人は緊張して答えた。今は街道を歩いているけど、ついこの間ザガンたちと戦ったばかりなので、僕たちの心にはまだ警戒心が残っているのだ。

さらに数分も歩き前方に大きな橋が見えてきた所で、コペルさんがサッと腕を横に挙げて僕たちを止めた。

「みんな、隠れるウサッ……！」

僕たちは急いで横に飛び、木々の後ろに隠れる。

身を潜めると、コペルさんはそっと橋の入り口を指さした。

「シャルル氏、あそこを見てくれウサ。あいつウサよ。やっぱり、まだいたウサね……」

「あれが……」

橋への通り道を塞ぐようにして、大型の猫魔物である幻魔猫が寝そべっている。

「あの橋を渡らないと、王都まで二倍以上の時間がかかってしまうんだウサ。回り道は魔物も多いウサし……」

「二倍ですか……。それは絶対に通りたい橋ですね」

「ウサにも」

コペルさんは険しい顔で呟く。行商人にとって、運搬の安全性や移動時間の短縮は商品と同じかそれ以上に重要な要素だ。どうにかして橋を渡れるようにしたい。

幻魔猫は遠目でも、ニコラと同じかそれ以上の大きさはありそうだとわかる。紫色の体表に黄色のまだら模様。結構大きく成長した個体のようだ。

爪の毒もそうだし、襲われたらコペルさんみたいな小柄な人はひとたまりもない。テイムしようにも暴れられて、橋を落とされでもしたら本末転倒だ。

どうしようかなと思っていたら、幻魔猫の様子がおかしいことに気づいた。

「さっきから少しも動かないですし、もしかして寝ているんじゃないですか？　こっそり進めば通れるかも……」

幻魔猫は寝そべったまま動く気配はない。目は閉じているし胸がゆっくりと上下しているので、就寝中だとわかった。入り口の前に寝ているだけなので、忍び足で歩けば通れるんじゃないかと思ってしまう。

僕が言うと、コペルさんは静かに首を振った。

「いや、近寄ると目を覚まして暴れまくるんだウサ」

「えっ、そうなんですか……おっかないですね」

まさか、そんな罠があったとは。そこは寝ていても魔物は魔物ということらしい。

橋はロープで向こう岸と繋がっているので、鋭い爪でも喰らったら簡単に落ちてしまうだろう。

まずは幻魔猫を引きつけるため、僕は少し大きめの石を拾いぽいっと投げた。石がゴトンと鳴ると幻魔猫は飛び起き、キッとした目で周りを見る。

コペルさんを一番後ろに、僕はアンシーとパンナと一緒に慎重に幻魔猫のもとへと近寄った。

「ね、ねえ、悪いんだけど、そこをどいてくれないかな。通れなくて困っているんだ」

『いにない、にゃにぃうぉうぃうぃにゃうおあ！　おおは、おれしゃまのはちじゃ！』

「うわぁっ！」

刺激しないよう試みたけど、幻魔猫はわあわあと叫びまくる。説得は難しかったか……あれ……？

――何か人間の言葉に聞こえるような……？

耳に神経を集中させる。

『このはしは、おれしゃまのものにょなの！　おまえちゃちにはわたしゃんの！』

やっぱり、人間の言葉だ！

でも、どうしてテイムしなくても言葉がわかるんだろう……と考えたとき、一つの可能性に思い当たった。

――たぶん、僕の【毒テイマー】スキルが成長しているんだ。

スキルは使えば使うほど強くなる。

今まで、アンシーやパンナにニコラと異なる種族の毒魔物をテイムしてきた。知らないうちに経験値が溜まっていたのかもしれないね。むしろ、言葉が通じるならありがたい。

「王都に行くには、この橋を渡らないと遠回りになっちゃうんだ。どいてもらえないかな？」

『にゃめ！』

幻魔猫は橋の入り口で四つん這いして通せんぼする。ダメ！　ということらしい。ええ～、ちょっとくらいいいじゃんよ～。

それにしても、どうして通るのはダメなんだろう。

……あっ！　実は、この橋は壊れかけており、通行人が落ちないように守ってくれているから……とか⁉

「幻魔猫さん、なんで通っちゃダメなの？　実はこの橋は今にも壊れそうで、通りたい人を守ってくれて……」

『きぶん！』

全然違った。単なる気分だったらしい。猫型の魔物だから気分屋の性格なのかな。

『ここからたちさるにゃー！』

「うわぁっ！」

『シャルル！』

『シャルル君！』

幻魔猫は爪を振り回してくる。なんて恐ろしい魔物……！

必死に避けていたら、僕のポケットから小さな包みがぽとりと落ちちゃった。この前シスター・モナと一緒に焼いた、おやつのクッキーだ。

食べ物を粗末にはできないのでどうにか爪を躱して拾ったら、幻魔猫はピタリと止まった。

『それはにゃんだ』

「チョコのクッキーだよ」

『にょこせ』

と言うので、一枚渡そうとしたら全部取られた。

幻魔猫はバリバリとクッキーを食べると、初めて見せる明るい笑顔になる。

『うみゃい！　もっとにょこせ！』

「えっ、もうないよ」

『うみゃいものくれたら、どいてにゃる』

おや……？　この流れは……!?

アンシーやパンナ、僕の背中に隠れているコペルさんを見ると、三人ともこくりとうなずいた。

「おいしい物あげるから、僕にテイムされてくれる？」

『にゃっけー』

オッケーをいただいたので、僕は幻魔猫の腕に手を乗せる。

「【毒テイム】！」

いつものように白い光が全身を包み、テイムが完了した。幻魔猫はしばしの間ぼんやりとしていたけど、不思議そうな顔をしながら二本足で立ち上がった。

『な、なんで立てるんニャ？』

二本足で立つ幻魔猫なんて、僕も聞いたことがない。たぶん、これも【毒テイマー】スキルの副次的効果なんだろう。

幻魔猫は仁王立ちしたまま腕を組むと、背伸びしながら僕たちに話す。

『心して聞け、俺にゃまの名はモローズ』

「僕はシャルル。よろし……」

『下僕はモローズ様と呼べニャ』

「は、はい⁉」

いきなり苦言を呈された。僕は握手しようとした腕をしまい、アンシーたちを紹介する。

『ボクはアンシーと言うクラ』

『わたしはパンナ……』

「ミーはコペル……ウサ」

『ふ～ん』

ここから歩いて二十分ほどの教会から来たと話すと、興味があるのかないのか空の雲を眺めながら聞いていた。

モローズは品定めするような目でこちらを見ると、アンシーに尋ねる。

『ところで、アンシーは何級の魔物ニャ』

『E級クラけど』

『E級⁉　……ひっくいニャね～！　下僕はF級だし、やっぱり俺にゃまが一番偉いんニャねぇ、ニャニャニャニャニャ！』

いつの間にか僕はF級になっており、彼の高笑いが森に響く。なんか偉そうな魔物だった。

今度はパンナを見ると、これまた品定めするような目で尋ねる。

『そっちのパンナは何級ニャ。せいぜい、Dきゅ……』

『わたしはB+って言ってた……』

『ビ……B+⁉』

等級を聞くとモローズは激しくのけ反った。一転して、コペルさん顔負けの揉み手をしながらパンナに話す。

『これはこれはB+でございましたか、失礼しました！　どうかお見逃しのほどを……！』

僕やアンシーのときとまったく違う反応だ。どうやら、自分より下の等級相手には強く出て、上の相手には媚びる性格らしい。

コペルさんは静かに様子を窺っていたけど、モローズがとりあえず仲間になったのを確認すると、そろそろ出発すると言った。

「シャルル氏～、本当にお世話になったウサ～。また絶対会いに来るウサね～」

「こちらこそありがとうございました～。コペルさんもお元気で～」

『『バイバイ（クラ）～！』』

モローズ以外の僕たちは、コペルさんに手を振る。何はともあれ、橋を渡れて良かった。どうかお達者で……。

一時はどうなることかと思ったけど、無事にコペルさんを見送ることができた。

「じゃあ、僕たちも教会に帰ろうか」

『下僕、おんぶしろニャ』

『ちゃんと自分で歩いてよね……』

『はいニャッ！　パンナ様、肩を揉みますニャッ。いや、鞭を持ちますニャッ』

モローズはへいこらとパンナに媚びまくる。歩きながら、アンシーがこそっと僕に言った。

『思ったより濃い仲間が増えたクラね』

「そ、そうだね」

教会にはA級のニコラがいるんだけど……着いてから教えればいいか。

新しい仲間を加え、僕たちは教会へと帰る。


モローズを連れて歩くこと、およそ二十分。僕たちは教会に帰ってきた。こぢんまりとした三角屋根と鉄が剥き出しの女神像を見ただけで、なんだかホッと一安心する。

モローズは高い位置から見下ろせる二足歩行が気に入ったらしく、人間みたいにてくてくと歩いていた。

「ほら、モローズ……様、あれが僕たちが住んでいる教会だよ」

『地味で小汚い家だニャ』

「これでもずいぶんと綺麗になったんだからね」

長い年月の重みが残っているものの、剥がれかけていた壁や屋根の修繕があらかた完了した。

Ａ級賞金首のザガンを捕まえたときの賞金や、コペルさんに薬を買ってもらったおかげで教会にもまとまったお金が入ったから、女神像が金色に戻る日もそう遠くはないだろう。

庭にはシスター・モナとニコラが洗濯物を干していて、僕たちを見ると手を止めて笑顔でこっちに来てくれた。

「シャルルさん、お帰りなさい」

『おかえり〜』

「ただいま戻りました。コペルさんも無事に、王都に帰っていきました」

橋での一件を簡単に説明すると、シスター・モナは真剣に聞いてくれた。

「……なるほど、そちらが新しいお仲間ということですね」

「幻魔猫のモローズです」

『よろニャ』

モローズは素直にシスター・モナと握手を交わす。道中、シスター・モナには迷惑をかけないよう、パンナがきつく言ってくれたからだ。

ニコラとも挨拶を交わしたところで、モローズはあの仁王立ちをする。

『それで、ニコラは何級ニャ？』

『Ａ級だよ』

『エ、Ａ級!?』

パンナのときより、さらに激しいのけ反りを披露するモローズ。次の瞬間には、揉み手をしながらへいこらと媚び始めた。

『これは失礼しましたニャ、ニコラ様！　翼を揉みます、いや、尻尾を揉みますミャ！』

『い、いきなりどうしたのっ』

突然の変貌にニコラも怖じ気づく。等級によって態度を変える性格だとこっそり伝えたら、そういうことかと納得していた。

この先、S級の魔物とか来たらどうなるんだろう……。いや、まぁ、ほぼ確実にないことだとは思うけど。

ひとしきり媚びた後、モローズは仁王立ちして僕を見る。

『下僕シャルル、疲れたからお菓子寄越せニャ』

「そんなすぐには出せないよ」

「……下僕？」

モローズの放った言葉に、シスター・モナの表情がビキリと硬くなった。僕とアンシー、パンナ、ニコラの間に緊張が走る。

「下僕とはどういうことですか、モローズさん」

『そのまんまの意味ニャよ。シャルルはF級、いや、Z級の雑魚人間ニャのだから、C級の俺ニャまより格下なのは明らかで……』

事の重大性がよくわかっていないであろうモローズは、下僕だなんだと僕をこき下ろす。

しばらく話を聞くとシスター・モナは無表情に変わり、懐からモーニング・スターを取り出した。さすがのモローズも言葉を止める。

シスター・モナはモーニング・スターを振り下ろし、ズドドドドッ！　と穴を掘ると……モローズを埋めてしまった！

『な、何をするニャ！』

「シャルルさんは下僕でも雑魚人間でもありません。この世に唯一無二の天上天下の毒薬師なのです。どうやら、あなたには一度メサイア様の教えを伝える必要があるようですね。……よろしいですか？　メサイア様はこの世の全てを受け入れてくださる女神様で……」

モローズを埋めたまま、シスター・モナは説法を始める。しまい忘れたのかあえて持っているのか、陽光にギラリと輝くモーニング・スターが空恐ろしい。

そっとその場を離れようとしたら、モローズの必死の叫び声が聞こえた。

『ひ、一人にしないでくれニャッ！』

「そういうわけにはいかないんだよ、モローズ」

『しょ、しょんな……』

僕とアンシー、パンナとニコラは、静かに教会に入る。

モローズがシスター・モナのありがたい説法から解放されたのは、およそ三時間後のことだった。

◆◆◆

シャルルたちと別れて十日ほど。

王宮に到着したコペルは、すぐに王の間に通された。ラビビン・キャロリット商会の会長である彼女は、商人でありながら王との謁見が許可されていた。

玉座に座るのは、くすんだ銀色の髪をした骨太な初老の男性と、輝く銀髪を持つ小さな幼女。ともに持つ鮮やかな紅い瞳が、親子であることを想起させる。

最高権力者であるテレジア王と、第四王女のリディアであった。

テレジア王が口を開くと、王の間に重厚な声が響く。

「よく来たな、コペル。貴殿に会えるのを、リディアも楽しみにしておったぞ」

「はっ、ありがたき幸せ」

テレジア王が言うと、コペルは跪いたまま答える。謁見などの重要な場所では、彼女はウサ語を控えていた。

父に続くように、リディアは鈴が鳴るような可愛い声で話す。

「こんにちは、コペルさん。今日は何を持ってきてくれたの～？」

まだ五歳のリディアは好奇心旺盛で、特に行商人が持ち寄る品々を見ることを楽しみにしていた。コペルは背中のリュックから、数々の献上品を取り出す。

「それでは、献上品の方を出させていただきます。こちらは国王陛下のご希望であった《古代の呪文書》で……」

コペルは頼まれた品々を、目の前に置かれたテーブルに置く。

本日の謁見ではいくつもの品が出されたが、シャルルの作った薬が現れるとテレジア王は表情が一変した。これまで数々の珍品、貴重品をその目で見てきた彼は、説明されるまでもなく薬の品質がわかった。

「……コペル殿、その薬はなんだ」

「辺境のストレージ・シティで入手した薬でございます。こちらにあるのが《アンシーの虫除けクリーム》です。肌に塗るだけで、終日有害な虫から身を守ることができます。これが《パンナの解熱薬》でございまして……」

コペルの話を、テレジア王は真剣な面持ちで聞く。どの薬も王宮直属の宮廷薬師が作る物より何段階も質が高く、テレジア王は感嘆(かんたん)のため息が止まらなかった。

虫を好まないリディアは虫除けクリームが気に入ったようで、また買ってくるようコペルに頼んだ。

ひとしきり説明を聞いた後、テレジア王はどこか安心した表情で言った。

「これほど高品質な薬があれば、前線の騎士たちも助かるだろうな」

テレジア王の言葉に、コペルも静かにうなずく。

現在、王国の国境付近では、魔神教の信者との戦闘が激化している。シャルルの作った薬は最前線で激しい戦闘を繰り広げる騎士たちの、大いなる助けとなるのは明白だった。

好感触にホッとしたコペルは、製造者であるシャルルについても伝えることにした。

「しかも、製造者のシャルル殿はまだ十歳と伺っております」

「……なに？　そんな子どもが作ったのか」

「ええ、私も最初は信じられなかったのですが、シャルル殿は宮廷薬師の方々にも負けない力をお持ちです。さらには、あの悪奪党さえ倒してしまいました……」

コペルはストレージ・シティでの出会いや、悪奪党を倒した件についても話す。

テレジア王とリディアは、シャルルに強い興味を惹かれるのであった。

間　章：視察と自慢

「……さすがに少々疲れたな」

「ええ、俺王子も疲れました……」

アスカリッド家の離れにある大きな倉庫で、ブノワとダニエルは呟くように言葉を交わす。

いつもの韻も鳴りを潜め、二人の間には疲労感が漂う。

ヒュドラをどうにかテイムして、およそ三日が過ぎた。

捕獲作戦自体はうまくいった。生息地までの往来も問題なかったし、ビラルの私兵は王国騎士団にも負けないほどの精鋭が揃っており、ヒュドラとの戦闘も全て受け持ってくれた。

だが、そこはS級の中でも一段と強力な魔物であるヒュドラだ。毒の存在もあったし、生きるか死ぬかの戦闘は予想以上に疲れた。この三日は指導という名の虐めを使用人にできていないほどだ。

それでも、目の前の〝成果〟を見ると、ブノワとダニエルの疲れは吹き飛んだ。

『……』

漆黒の鱗と七本の首を持つ最強の毒魔物、ヒュドラがいる。主となった自分たちを、静かにジッと見ていた。瞳の奥で何を考えているかはわからないが、支配下にあることは明らかだ。

捕獲してから三日、暴れたり攻撃してくることは一度もなかった。テイムの効力は効いているものの、ヒュドラの視線は厳しい。危険な魔物が己のすぐ近くにいると思うと、怖くないと言えば嘘になった。

「あとはビラルのヤツに引き渡すだけだな。しかし、二日後か。気が休まらん……」

「このところ、俺王子も寝付きが悪いです……」

一刻も早くビラルに引き渡し、金と安心を得たい。今、自分が思うのはそれだけだ。

早く明後日が来いと思いながら、ブノワは倉庫の出口に歩く。

「そろそろ屋敷に戻るぞ。明日はリディア王女が視察に来る」

「ええ、そうでしたね」

テレジア王国では、王宮と貴族間の友好関係を維持するため、どの家にも定期的に王女や王子が来訪した。

王女は四人おり、今回は第四王女であるリディアが訪れることになっている。まだ五歳と幼いが、立派な王族だ。手厚く迎えるため、疲れた身体に鞭打って使用人を虐め……いや、指導しなければならない。

やれやれと金属製の大きな扉に手をかけたとき、ブノワは名案を思いついて動くのを止めた。同時に、ダニエルの頭にも同じ名案が浮かんだ。

「……父上」

「ああ……」

不意に、二人の胸は高鳴り始める。自分たちの目の前に、出世がちらつき始めたからだ。

――リディア王女にヒュドラを見せたらどうなる？

元来、リディア王女は魔物好きと聞く。ヒュドラなんて貴重で珍しい魔物がいると言ったら、絶対に見たいと言い、この大物を見て非常に喜ぶだろう。

――もしリディア王女に気に入られれば、王宮内での地位も上がるに違いない……。

そう確信した瞬間、ブノワは目まぐるしく計画を考え始める。

いくら王族といっても、まだ五歳だ。護衛の騎士などはいるだろうが、取り込む余地は大いにある。もちろん、馬鹿正直にヒュドラは違法売買のためにテイムしたと言っては、法律違反で逮捕される。

だから、生息地の近隣住民を守るためテイムしたと言うのだ。

十分に誤魔化せる理由だし、違法売買やビラルの件はそもそも隠しておけばいい。むしろ、住民を救ったとしてさらなる高評価が得られる可能性さえあった。

自分たちを待つ明るく華やかな未来が目に浮かび、二人はかつてないほど気持ちが昂ぶる。

――ヒュドラを使って、うまく取り込んでやる。そして、今以上の権力と富を手に入れてみせる。裏国王……今こそ、表に出るときがきた！

――裏王子の俺王子も、とうとう表に出るときがきたか。……今こそ、俺王子は表王子になる！

ブノワとダニエルは、いつまでも不敵な笑いが止まらなかった。

ブノワとダニエルは屋敷の前で大勢の使用人を従え、リディア王女を待っている。裏から国を支配してきた自分たちが、とうとう表に出る日がやってきたのだ。

ふつふつと気合いを入れる中、白と金の装飾で彩られた華やかな馬車が屋敷の前に到着した。王族の馬車だ。

獅子の横顔が刻まれた扉が開かれ、何人もの騎士と付き人が出てくる。

「リディア王女のお目見えである！」

その言葉に、ブノワもダニエルもアスカリッド家の使用人たちも姿勢を正す。屋敷を包む緊張感などいざ知らず、一人の幼女が颯爽（さっそう）と降り立った。

肩ほどの銀髪は太陽に煌めき、深い紅の瞳は見る者を掴んで離さない。まだ五歳でありながら、周囲の人間を圧倒するオーラは王女にふさわしい風格だった。

リディアは習ったばかりのカーテシーを披露して挨拶する。

「こんにちは、リディア来たよ」

「ご足労いただき恐縮でございます、リディア王女。私がアスカリッド家の当主、ブノワでございます」

「私は嫡男のダニエルでございます」

ブノワとダニエルは丁寧に頭を下げて挨拶する。正真正銘の王族相手に、さすがの二人も韻は控えていた。

すぐにリディアを直属の騎士や彼女の付き人とともに応接間へ案内し、高級な茶や菓子でもてなす。

一呼吸ついた後、リディアの付き人が切り出した。

「それでは、ブノワ殿。報告をお願いできるだろうか」

「承知いたしました。まず、領地の治安は概ね良好で……」

ブノワは領地の経営状況や治安について説明する。真実を話すと魔物の違法売買がバレてしまうので、いっそのこと全て嘘の報告書を作成した。

王族の訪問は友好関係の維持という目的の他に、貴族家の経済状況や領地の治安状態を把握する意味もある。リディアはまだ五歳ということもあり、貴族当主からの報告は付き人が代わりに受けた。

一通り報告は進むも、徐々に子どものリディアは飽きてきた。ふぁぁ～とあくびをした様子を見て、ブノワはこのタイミングで切り出すのがベストだと考えた。

「実はつい先日……あのヒュドラをテイムしたのです」

「「なに!?」」

ブノワが話すや否や騎士と付き人は緊迫感に包まれ、リディアの眠気はたちまち消え去った。思い描いていた通りの反応に、ブノワとダニエルは心の中でほくそ笑む。

「アスカリッド領の近くでヒュドラが暴れているという報告を受けまして……。近隣住民を助けるため、ここにいるダニエルと協力してどうにかテイムしたのです」

「「まさか、ヒュドラが……」」

「ご心配なく。今はアスカリッド家の倉庫にて拘束しております」

事前に考えておいた嘘のエピソードを話すと、騎士と付き人はホッとした。ここからが本番だと、ブノワは幼き王女を見る。

「どうでしょうか、リディア王女。一度、ヒュドラを見学されては。この機を逃すと、次はいつ見られるかわかりませんゆえ」

「見たい！」

「「なりません、リディア様！」」

すかさず、騎士と付き人はリディアを制する。いくらテイムされているとはいえ、相手はS級魔物。大事な王女の身を案じてのことだった。

ブノワは断ろうとする騎士と付き人を、邪魔するなと怒鳴りつけたかったが、懸命に怒りを抑えてもう一押しする。

「私とダニエルのテイムスキルにより、ヒュドラは完全に支配されています。万が一にも、暴れたりしてリディア王女に危害を加えることはありません。絶対の安心をこの私が保証します」

「ねえ、ヒュドラ見たいよ～」

騎士と付き人は顔を見合わせて相談する。

結局、絶対に安心だという言葉とリディアの懇願(こんがん)により、ヒュドラ見学は了承された。


ブノワとダニエルは一同を倉庫に案内すると、巨大な鉄扉を前に止まる。

「それでは、ヒュドラのお目見えでございます」

重い音を立て鉄扉が開かれると、差し込んだ陽光で室内は明るくなった。

中央に鎮座するのは、十メートルほどの巨大な七本首の魔物。遭遇自体が珍しい毒魔物に、リディアは歓喜の声を上げる。

「すご～いっ、本当にヒュドラだ～」

リディアは一歩近づき、キラキラとした目でヒュドラを見る。今まで出会ったどの魔物より大きく立派で、興奮冷めやらなかった。

騎士と付き人の後ろに控えるブノワ及びダニエルは、互いに黒い微笑みを交わす。これで自分たちは出世間違いなし、と。

そろそろ見学を切り上げようとしたとき、突然、ヒュドラが激しく暴れ出した。止める間もなく毒煙の黒い弾が吐かれ、リディアの全身がすっぽりと覆われる。

そこにいる誰もが、息を呑んだ。

「リディア様！」

騎士と付き人が大慌てで煙を吹き飛ばし、すぐにリディアを救出する。だが、毒煙から現れた顔を見た瞬間、全員血の気が引いた。

リディアの顔は真っ青で、身体には縄のような黒い模様が浮かぶ。ヒュドラの毒が全身に回っているのだ。どんな秘薬でも治らないとされる、極めて強力な毒が……。

「大丈夫ですか、リディア様！」

リディアは力なく目を閉じ、騎士や付き人の声かけにも応じない。かろうじて胸は上下しているが、呼吸は浅く今にも止まりそうなほど弱々しい。

騎士の一人が猛然とブノワに掴みかかった。

「絶対に安全じゃなかったのか⁉　騙したな！」

「だ、騙してなどおりません！　これは事故で……！」

「黙れ！　こいつらを捕まえろ！　大至急、王宮に報告だ！　宮廷医術師も呼べ！　宮廷薬師もだ！」

騎士たちが慌ただしく叫ぶ中、拘束されたブノワとダニエルは屋敷に連行される。

乱暴に引きずられながら、愚かな二人は思う。
――これ……ヤバいんじゃない……？
額に脂汗を感じながら、二人はようやく事の重大性を理解し始めた。

第八章：不眠の令嬢

モローズが仲間になってから数日後。

彼はもうすっかり教会に溶け込み、今もみんなと一緒に庭の掃除をしてくれていた。シスター・モナが街の祈祷から帰ってきたのを見て、モローズは直立不動となる。

「モローズさん、今日もお掃除ありがとうございますね」

『ありがたきお言葉！　これもメサイア様のためですニャ！　塵一つ残さぬほど掃除させていただきますニャ！』

シスター・モナに褒められると、敬礼しながら答える。三時間説法の結果、モローズの序列では彼女が最上位に置かれたらしく、一番へいこらと媚びた。

一方で、シスター・モナがパンナとニコラのもとを離れると、モローズはいつものふてぶてしい表情に戻る。

『下僕シャルル、お菓子持ってこいニャ。アンシーは俺ニャまの肩揉むニャ』

陰では僕とアンシーをいびるわけだけど、仲良くやれていると思う。

突然、モローズの姿勢が極めて良くなったので、シスター・モナの接近を感じ取る。

「ところで、モローズさん。初めて見たときから思っていましたが、少々太り過ぎかもしれませんね。健康のため、一緒に運動しましょう」

『えっ……い、いや、俺ニャまはこのままで……』

「遠慮なさらず。これもメサイア様のためですから。まずは、庭の外周を三百周ほど走ってから……」

シスター・モナに連行されそうなモローズを眺めていると、街道から数人の女性が現れた。

全部で四人の女性で、みな十六か十七歳くらいの少女だ。

先頭を歩く黒髪を肩くらいまで伸ばした少女が、疲れた顔でシスター・モナに言う。

「……あの……聖女さん……ちょっといい……ですか？」

「ど、どうしましたか、ずいぶんとお疲れのようですが……！」

彼女たちの様子を見て、シスター・モナは慌てて聞き返す。

それもそのはず、みなさん、すごい眠そうだ。目の下にとても黒いクマができている。黒髪の少女は目を擦ると、ぽつぽつと事情を話し始めた。

「あたしはマティと言います。友達と一緒に観光でストレージ・シティを訪れたんですが、魔物に呪われて眠れなくなっちゃって……。ここに来たら薬が貰えると聞いて来たんです……」

五日ほど前、マティさんたちは美しい花として有名な〝翡翠花（ひすいか）〟を見るためストレージ・シティを訪れ、みんなで森の奥へピクニックに行ったらしい。

翡翠花は無事に見られたものの、帰り道にD級の魔物ミニデビルに襲われ悪夢の呪いを受けてしまった。それ以来、怖い悪夢を見て眠れないと聞いた。

悪夢による不眠かぁ……。眠れないのは辛い。日中の活動にも多大な影響が出てしまっているだろう。

前世の僕だって、仕事や会社の人間関係に悩んで眠れなかった日が何度もあった。眠れなくても日常はやってくる。睡眠不足で日々の仕事や家事などをこなす辛さは、転生した今でも身に染みて覚えていた。僕が何とかしなくちゃ。

「マティさん、僕がよく眠れるお薬を作ります。ここにいる幻魔猫のモローズは眠らせる毒を持っているので、うまく加工すれば睡眠薬が作れます」

「えっ、君が……？　それに、幻魔猫ってどういう……」

【毒テイム】スキルについてと、毒から薬を作っている旨を説明すると、マティさんたちは感心していた。

「そう……あなたが街で聞いた天上天下の毒薬師なの……。あたしはマティ……よろしくね」

「よろしくお願いします、シャルルです。こっちにいるのは、アンシー、パンナ、ニコラ、そしてモローズです」

アンシーたちも紹介し、マティさんとご友人のみなさんとも挨拶を交わす。四人とも今にも眠気でふらふらと倒れてしまいそうで、こちらまで辛くなってしまうので、すぐに睡眠薬を作ることに決まった。

マティさんたちは教会の医務室で休んでもらうことにし、僕は厨房に向かう。

――よし、モローズの毒を使って、睡眠薬を作るぞ！

「モローズ、悪いけどこの瓶に毒を出してくれるかな。マティさんたちのために、睡眠薬を作りたいんだ」

『かしこまりましたニャ』

小さな丸口の瓶を差し出すと、モローズは素直に爪先から毒を出してくれた。シスター・モナが真後ろに控えているからだろう。

紫と黄色のマーブル模様の毒液が八割ほど溜まると、モローズはそそくさと立ち上がった。

『それでは、窓の拭き掃除に行ってくるニャ。その後は廊下を拭いて、庭の掃き掃除をして、……ああ、忙しいニャね～』

頼まれてもない窓ガラスの清掃や教会の掃除をすると言って、モローズは厨房から走り去る。シスター・モナが誇る長時間説法は、大変に身に染みたらしい。

僕は小瓶を前に思案する。モローズの毒は睡眠毒だから、これをそのまま飲んでもらえば眠れるはずだ。とはいえ、あまり濃過ぎたり量が多過ぎると昏睡状態になってしまうから、濃度や量の調節が大事だね。

棚から一冊の紙束を取り出し、中身を確認する。僕は教会で薬を作るたび、紙に細かな記録を残してあった。

作った手順や加えた素材の種類、薬の効力、使った人の感想などが書いてあり、新しい薬を作るときはいつも参考にしているのだ。

先ほど、マティさんたちの年齢を聞いたところ、みんな十六歳だと言っていた。薬の世界では大人なので、体重で割ったりはしなくていいね。

今回も毒液の希釈率を変えて製造することにして、天秤で重さを量る。飲み薬になるので、味も重要だ。スプーンで毒液をちょっと掬(すく)って舐めてみる。

「……味しな～い」

苦みも辛みも何にもない。甘くする必要はなさそうだ。でも、これは睡眠薬。ただ眠るだけの薬にしたくはない。

また別の棚に頭を突っ込んでガサゴソとしていたら、後ろからアンシーの声が聞こえた。

『シャルル、何を探しているクラ～？』

「睡眠薬に使う素材だよ。……じゃんっ！」

テーブルの上に二つの素材を並べる。煎じて飲むと気持ちが落ち着く〝安らぎハーブ〟、食べると楽しい夢を見せてくれる〝夢ポピー〟の花弁。

いずれも森で集めたり、ローランさんに分けてもらったり、ストレージ・シティで買ったものだ。

マティさんたちは悪夢に苦しんでいる。だから、ただ眠るだけじゃなくて良い夢が見られる薬にしたい。あとは混ぜ合わせるだけだね。

作業を進めていたら、傍らのシスター・モナが僕に聞いた。

「シャルルさん、睡眠薬ってどうして眠くなるかご存じですか？　わかりやすいご説明だとありがたいのですが……」

ポチり。

「基本的にはっ！　なんと、脳の働きを抑えて眠くさせるんです！　すごいですよねぇ！　人体を支配しコントロールする、最高位の臓器の働きを！　抑えるんですから！　……よろしいですか？　代表的には四種類ありまして！　メラトニン受容体拮抗薬、ＧＡＢＡ受容体作動薬、抗ヒスタミン薬、そしてオレキシン受容体拮抗薬……」

「全然わかりませんっ！」

シスター・モナの叫び声とともに、厨房に静寂が舞い戻る。

――……またやってしまったね。

久しぶりだったから、興奮がより激しくなってしまったよ。いい加減自重しないとまずいぞ、シャルル。

粛々と作業を遂行し、薬は無事に完成した。

《モローズの睡眠薬》
説明：幻魔猫の睡眠毒から作られた睡眠薬。加えられた素材により悪夢は打ち消され、良い夢を見られる。

紫と黄色のマーブル模様のお薬。どことなくさつま芋みたいで、一見するとお菓子な雰囲気。

――どうか、マティさんたちの辛い悪夢を打ち払ってくれ。

小瓶を握り、心の中で強く思った。


みんなで医務室に行き、マティさんたちに薬を飲んでもらう。

清潔なベッドとシーツに落ち着いたみたいで、教会に来たときよりいくぶんか表情が柔らかかった。一口分ずつ入れたコップを渡す。

「一口飲んだだけで効きますからね。ゆっくり休んでください」

「ありがとう……シャルル君……」

睡眠薬を飲むと、マティさんたちはふぁぁ～とあくびをして横になり、すぐにすうすうと眠ってしまった。みんなで手分けして毛布を被せる。

悪夢に苦しまないかはシスター・モナが見ていてくれるとのことで、僕たちはそっと医務室から出た。

『ぐっすり眠れるといいクラね』

「うん」

アンシーに静かに答え、僕もメサイア様に祈る。

――良い夢が見られますように……。

数時間後、シスター・モナからマティさんたちが目覚めたと聞き、モローズを連れて僕たちも医務室に急いだ。

マティさんとお友達は、ベッドの上でぐ～っと背中を伸ばしている。僕たちに気づくと、明るい笑顔を向けてくれた。

「おはよう、シャルル君！　あのね、すごい眠れたわ！」

「本当ですか！　良かったです！」

マティさんたち四人のクマは、すごく薄くなっている。今にも倒れそうだった状態と打って変わって、顔色も血色も大変にいい。熟睡できたんだ！

睡眠薬が効いてくれてホッとする中、マティさんは僕の手を力強く握る。

「シャルル君のおかげでぐっすり眠れたわ、心の底からありがとう。おまけに、夢にまで見た白馬の王子様に求婚される夢まで見ちゃったの。薔薇のような甘くて芳醇な香りにも包まれて、もう言うことなしよ」

「それは幸せな夢でしたね！」

安らぎハーブと夢ポピーの花弁を配合しておいて良かった……。マティさんの笑顔を見ると、本当にそう思える。薔薇のような香りとは、パンナの花粉の香りだ。彼女たちが寝ているときに、ふわっと撒いてくれたのだ。

お友達も僕を囲み、口々にお礼を言ってくれた。

「私はいくら食べても太らないケーキを、お腹いっぱい食べる夢を見られたわ！」

「目標だった絵のコンテストで入賞したのよ！　絶対に正夢にしてみせる！」

「もふもふに囲まれて最高の夢だった……もう一度見たいくらい！」

睡眠は言ってしまえばただ眠るだけだけど、人生を豊かにもするし不幸にもする。これからも人々の幸せに寄与できたらいいな、と思った。「どうやって作ったの？」と聞かれたので、モローズを紹介する。

「みなさんに飲んでいただいた睡眠薬は、ここにいるモローズの毒から作りました」

『俺ニャまに感謝しろ……喜んでいただけて何よりでございますニャ』

シスター・モナの手前、モローズはカーテシーをして挨拶を交わす。教会に来たときすでに一度出会っているはずだけど、あのときの彼女たちは余裕がなかったのだ。マティさんたちは

「可愛い猫ちゃん！」と喜び、当の本猫も満足そうだった。

教会の庭で元気になったマティさんたちを見送ると、僕は改めてモローズにお礼を言った。

「ありがとう、モローズ。君の毒のおかげでマティさんたちも元気になれたよ」

『まぁ、当然ニャね。下僕シャルルも俺ニャまを見習って……』

「モローズさん？」

『私めの毒を有効活用していただき、誠にありがとうございましたニャ』

その後、三日ほど追加で睡眠薬を飲んでもらい、マティさんたちの不眠は完全に解消された。

お土産にパンナの花粉を詰めたフレグランスパウダーの小瓶をみなさんに渡すと、これもすごく喜んでくれた。

ストレージ・シティでシャルルが《モローズの睡眠薬》を作ってから、およそ一週間後。
マティの馬車は彼女の友人を降ろした後、広大な領地に帰還した。白い壁とシックな赤い屋根をした家の前で降りると、何人もの使用人が出迎える。
「「お帰りなさいませ、マティお嬢様」」
「ただいま、そんなに集まらなくてもいいのに」

一分の隙もなく並んだ使用人の間を、マティは手慣れた様子で歩く。

それもそのはず、シャルルやモナは知らなかったが、マティはテレジア王国の隣国、ロザヤ帝国が誇る名家グランジュ侯爵家の令嬢だった。

マティは広い屋敷をすたすたと歩くと、父親であるフレデリックの執務室を訪れた。

「お父様、失礼いたします。マティでございます」

「おお、帰ったか。入りなさい。予定より遅いから心配したぞ」

「申し訳ありません。少々トラブルに見舞われてしまいまして」

執務室に入ると、すぐにフレデリックがマティに抱きついた。何度も仕事を頼んでいるものの、やはり心配なのだ。

「で、あれはどうだった？」

ひとしきり愛する娘の頭を撫でた後、フレデリックは本題を切り出した。

あれ、とは翡翠花のことである。グランジュ侯爵家は花の栽培で財を成した。帝国で行われる次の展覧会に向けて、珍しい花を探していたのだ。

そこで、マティにストレージ・シティの周辺だけに咲くという翡翠花の調査を頼んだ……という経緯がある。

マティはピクニックをしながら描いた詳細なスケッチを差し出す。

「こちらが翡翠花でございます」

「……ふむ、美しいな……」

一転して、フレデリックは真剣な表情に変わった。花の形状や色合い、生えている環境など事細かに記されており、翡翠花そのものが目の前にあるようだ。グランジュ家で栽培してきた花と違ったテイストでもあり、展覧会への出品にふさわしいと思った。

フレデリックはポンッと手を叩く。

「よし、翡翠花で決まりだ」

「承知しました」

展覧会には翡翠花を出品することになり、またストレージ・シティは一応テレジア王国の領土なので、種の確保は正式に話を通してからに決まった。フレデリックはマティを労（ねぎら）う。

「ご苦労だったな。ゆっくり休んでくれ」

「お待ちください、父上。実は、天上天下の毒薬師と呼ばれる面白い人材と出会いました」

「天上天下の毒薬師……だと？」

「はい。翡翠花の咲く森を訪れたとき、ミニデビルの呪いを受けてしまったのですが……」

マティはストレージ・シティでのトラブルと、シャルルについて簡単に話す。

素敵なお土産までいただいてしまった……という話も聞くと、フレデリックはシャルルに対する恩義で胸がいっぱいになった。

「……その少年は娘を救ってくれたというわけか。たしかに、天上天下の毒薬師だ。いずれ、正式にお礼をせねばなるまいな」

「ええ、それに、もしかしたら花の病気に対する薬も作ってもらえるかもしれません」

「ふむ……なるほどな……」

愛娘の言葉に、フレデリックは気づきを得た思いだ。

グランジュ家では、たびたび植物の病気に悩まされてきた。栽培する花々は繊細な種類が多く、決して無視できない損害が出る年もある。

もし、シャルルという少年が植物の薬も作れれば、グランジュ家にとってもこの上ない有益な存在となるだろう。

フレデリックは先ほどより強く手を叩く。

「よし、シャルル少年に正式に打診してみよう」

「私を救ってくれたお礼もしてくださいね。このような素晴らしいお土産もいただきましたし」

「もちろんだ」

シャルルは自分の知らないところで、他国でもその名が轟き始めるのであった。

間　章：小さな希望

リディアが倒れてほどなく、アスカリッド家には王宮から多数の人間が集まった。宮廷医術師に宮廷薬師、護衛の騎士……無論、その中にはテレジア王と王妃もいる。こんなことは、アスカリッド家始まって以来のことだ。

リディアは応接間に急ごしらえされた医務室で寝かされており、浅い呼吸を繰り返す。屋敷の使用人たちも総出で治療に当たっているが、一向に状態は良くならない。毒の進行を遅らせるので精一杯で、命を落とすのは時間の問題と考えられた。

今回の事件の原因であるブノワとダニエルは、応接間隣の小部屋にて拘束されている。何人もの騎士に見張られており、少しでも動けば激しく叩かれた。

この先自分たちはどうなるのか……と何度も思う中、テレジア王と王妃が小部屋を訪れた。すかさず、騎士たちは姿勢を正す。

二人の憔悴しきった顔から、リディアの容態は変わらず悪いことが容易に想像がついた。

テレジア王と王妃は拘束された罪人の前に来ると、極めて冷淡な声で告げる。

「ブノワ及びダニエルよ、お前たちには娘と同じ苦しみを味わってもらうことになるだろうな。王宮に連れていけ」

「せいぜい、楽に死ねるようメサイア様に祈っておきなさい」

それだけ告げると、応接間に戻った。静寂に包まれる中、ブノワとダニエルの心にはかつてないほどの焦りが生まれる。

――じ、自分は……このまま死ぬのか……？

今すぐ全てを捨てて逃げ出したいが、とうていできるはずもない。

乱暴に騎士に持ち上げられると、王宮行きの馬車に押し込められた。

目の前に迫ってきた死の存在に、二人の心は擦り切れていく……。


応接間に戻ったテレジア王と王妃は、我が娘の手をそっと握る。ひやりと冷たく、死期が近いことを否が応でも感じさせられた。

まだ五歳の娘。死ぬには早過ぎる。むしろ自分が代わってやりたい……。

王妃は最愛の夫の手をそっと握る。

「大丈夫よ、あなた。希望は必ずあるわ……」

「ああ……そうだな……。我が輩たちが希望を見失ってはダメだ……」

そう話したとき、二人は不意にコペルの言葉を思い出した。頼んだ品々を持ち、王宮に訪れたときだ。

いつにも増して上機嫌だった彼女は、たしかにこう言っていた。

——天上天下の毒薬師、シャルル。

ストレージ・シティにいるという、毒から高品質の薬を作れる稀有な薬師。テレジア王は妻と顔を見合わせる。

まだ……小さな希望があった。もしかしたら、彼ならヒュドラの解毒薬を作れるかもしれない。

「バノン！　今すぐ来い！」

「はっ！」

テレジア王が叫ぶと、すぐさま一人の男が参上した。国王直属の使者、バノンだ。今まで、ありとあらゆる貴重な文書や情報の運搬を担ってきた。

「ストレージ・シティに、シャルルという名の優れた薬師がいるそうだ。事情を話し、ここに連れてきてくれ。メサイア聖教の支部である教会に住んでいると聞いた」

「承知いたしました！」

テレジア王から手短に情報を伝えられ、早急に記された正式な文書を渡されると、バノンはアスカリッド家を飛び出す。

迅速に護衛の騎士を数人集め、号令をかけた。

「目指すはストレージ・シティ、天上天下の毒薬師ことシャルル殿だ！　騎士団の拠点で馬を替えながら夜通し走れば、おそらく五日でたどり着ける。だが、それでも五日かかる。リディア王女のために、全力で向かうぞ！」

「「はっ！」」

幼き王女リディアの命を背負い、バノンたちは懸命に馬を走らす。

第九章：アスカリッド家

「……モローズさん、あと十周したら休憩ですよ。頑張ってください」

『……げはぁ……げはぁ……ニャんでこんな目に……』

庭をマラソンするモローズを、笑顔のシスター・モナとともにみんなで見守る。成長した太めの体型がシスター・モナは気になるらしく、毎日運動するよう推奨という名の命令を下しており、モローズは二足歩行で走らされているのだ。口出しすると僕たちも巻き込まれそうなので、見守るに留まっている。

残り八周までできたところで、微かな地鳴りを感じた。

「なんだろう。地震かな……」

『シャルル、あれ見てクラ！』

アンシーは街道を指さす。何体もの馬がドカドカと激しく走ってきた。どれも初めて見るような美しい白馬で、男性騎手たちの胸には獅子の横顔の紋章が陽光に煌めいている。

おそらく、テレジア王国の関係者だ。ジュリエットさん以来の訪問者に、僕は緊張する。

教会の前で止まると、先頭の騎手が勢いよく飛び降りた。

「シャルル・アスカリッド様はいらっしゃいますか……!?　こちらにいらっしゃるとお聞きし

たのですが……！」

切羽詰まった声で言われ、僕はシスター・モナたちと一緒に急いで駆け寄る。

「シャルルは僕です。あの、どうされたんですか？」

「ああ、良かった、お会いできた！　……申し遅れました、私はテレジア王国の親衛隊所属、バノンと申します。こちらは護衛の騎士たちです」

バノンと名乗った若い男性の首には、青色のスカーフが巻かれている。テレジア王国の正式な使者の証だ。

挨拶を交わすと、バノンさんはさっそく本題を切り出した。

「急な話ですが、落ち着いて聞いてください。実は、リディア第四王女がヒュドラの毒を喰らってしまい、危険な状態に陥っているのです」

「「リディア王女が、ヒュドラの毒にですか⁉」」

僕とシスター・モナは同時に驚きの声を上げる。なんで王女なんて偉い人がそんな目に遭ったんだろう。

ヒュドラと聞いて、アンシーたちも大変に驚いていた。七本の首を持つ大蛇で首は切っても数日で復活し、操る毒はトップクラスの毒性を誇る。正真正銘のS級魔物だ。

嫌な汗を背中に感じる中、バノンさんは険しい表情で言葉を続けた。

「リディア様がアスカリッド領を訪問したとき、当主のブノワと嫡男のダニエルが、違法にテイムしたヒュドラを見せたらしく……。結果、ヒュドラが暴れ、リディア様に毒煙を吐きました。宮廷医術師総出で治療に当たっていますが回復の兆しがなく、シャルル様のお噂を聞いて尋ねた次第です」

バノンさんの話を聞き、改めて別のショックを受ける。

——まさか、父上とダニエル兄さんが原因だったなんて……。

ヒュドラはドラゴンの血が混じっているけど、純粋なドラゴンではない。だから、テイムの効力が弱かったのだろう。

バノンさんは護衛の騎士たちとともに、地面に片膝をつく。

「シャルル様、どうかお力を貸してください。もう、天上天下の毒薬師と呼ばれるあなた様しか頼れる人はいないのです」

もちろん、答えは一つしかない。僕は深呼吸すると、力強く答えた。

「はい、全力を尽くさせていただきます……！　だから、どうか頭を上げてください」

「シャルル様……！」

バノンさんたちの顔に笑顔が戻る。すぐに向かいたいところだけど、厄介な問題があった。

物理的な距離だ。ストレージ・シティとアスカリッド領は遠い。街で馬車を借りても十日はかかるだろうし、ニコラの背中に乗っても数日はかかると思う。

……いや、それでも急ぐしかない。ニコラを呼ぼうとした僕たちをシスター・モナが止めた。

「お待ちください、みなさま。実は、私は転送魔導具を持っております」

「「えっ⁉」」

彼女の言葉を聞くと、僕もバノンさんたちも驚きの声を上げた。

シスター・モナは教会に戻ると、大型の地球儀みたいな魔導具を運んでくる。

ほ、本物の転送魔導具だ。

バノンさんも騎士たちも顔を見合わせる。僕も見るのは初めてで、呟くような声しか出せなかった。

「よ、よくこんな貴重な物をお持ちでしたね」

「教会本部を追放されるとき、いつか使えると思いついでに持ってきたのです。たしか説明書はこちらに……」

シスター・モナはさらりと言うけど、転送装置なんて伯爵のアスカリッド家にもないくらいの大変貴重な魔導具だ。持ってきちゃダメなヤツだったんじゃ……。

説明書らしき紙束をひっくり返したり陽光に透かしたりしながら、シスター・モナが台座のボタンをピポパと押すと地球儀部分が光り出した。

「これにて設定が完了しました。しかし、転送装置の都合上、人数を絞らねばなりません。私とシャルルさんを除くと、行けるのは小さな生き物一匹だけでしょう」

『毒魔物を代表してボクが行くクラ』

「ありがとう、アンシー」

僕はアンシーを抱え、転送装置の近くに立つ。ヒュドラと対峙する可能性を考えると緊張するけど、アンシーのぷよぷよした身体を触っていればそれだけで安心できた。

最後の調整をしていたシスター・モナが立ち上がり、いよいよ転送の瞬間がきたとわかる。

「シャルルさん、アンシーさん、準備はよろしいですか？」

「はいっ」

『準備万端クラッ』

シスター・モナがボタンを押すと、地球儀部分が回転を始めた。きっと、次の瞬間にはアスカリッド領に着いていることだろう。

——待っていてください、リディア王女。今助けにまいります。

今一度、心の中で覚悟を決める。

僕はアンシーとシスター・モナと一緒に、青白い光に包まれた。

光が収まり目を開けると、見慣れた景色が飛び込んできた。風に揺れる草原の中に佇む、モノトーンな配色の大きな屋敷。アスカリッド家だ。

普段は閑散とした雰囲気だけど、今は何人もの医術師が慌ただしく駆け回っているのが見えた。僕たちは手を振りながら急いで駆け寄る。

「シャルル・アスカリッドです！　バノンさんに呼ばれて、転送魔道具で来ました！」

「!?　……シャルル様、よくぞお越しで！　十歳とは伺っておりましたが、本当にまだ幼い子どもなのですね！　みんな、シャルル様がいらっしゃったぞー！」

医術師たちは僕を見て驚いた後、現在の状況を説明してくれた。

リディア王女は応接間で急遽作られた病室で寝ており、テレジア王と王妃様もいらっしゃっているらしい。医術師が総出で治療に当たっているけど、進行を遅らせるので精一杯……、あと三日持てば良いだろう……ということだった。

お話を聞いた後、僕は医術師に尋ねる。

「あの、ヒュドラはどこにいるんでしょうか」

「アスカリッド家の倉庫です。手練れの王国騎士団と膠着状態にあります」

医術師が指さした先には、大きな石造りの建物があった。アスカリッド家の離れには、貴重な素材や魔導具を保管する倉庫がある。きっと、テイムしたヒュドラを無理やりにでも押し込んでいたのだろう。

とはいえ、近くにいることがわかりホッとした。ヒュドラの毒は、数ある毒魔物の中でも極めて強力だ。

バノンさんの話を聞いてから、僕はどんな薬にするか考えていた。薬草や木の実を煎じただけではダメかもしれない。だから……。

——反転魔法陣を使って、ヒュドラの毒から直接解毒薬を作る。

S級の魔物と対峙するのは危険かもしれないけど、それしか方法がないだろう。僕は自分の計画を医術師たちに話す。

「僕がヒュドラから毒を分けてもらい、反転魔法陣を使ってその毒から解毒薬を作ります」

「い、いや、しかし……危険過ぎます！」

「いえ、これしか方法はないと思います。相手はヒュドラの毒ですから」

医術師の人は険しい顔で考え込んでいたけど、すぐに結論を出してくれた。

「……わかりました。せめて、護衛を用意させていただきます。ありがとうございます、シャルル様」

医術師や騎士たちが忙しなく準備を進める中、気がついたら固く拳を握っていた。やっぱり、知らず知らずのうちに緊張しているらしい。

震える手と心を落ち着かせていたら、そっと握る手があった。

「大丈夫ですよ、シャルルさん。私がついています」

『ボクもいるクラよ』

「シスター・モナ……アンシー……」

そうだ、何も心配はいらないんだ。僕にはこれ以上ないほど頼りがいがあって、力強い仲間がいるんだから。

準備はすぐに終わり、僕たち三人は護衛の騎士と一緒に倉庫に入った。入った瞬間、戦争の始まりを思わせる、少しのミスも許されないような緊迫感に包まれる。

ヒュドラは……目の前にいた。

七本の首を持ち、深い黒色の鱗を纏った巨大な大蛇だ。何人もの騎士たちが剣や槍を構えて防御態勢を取っており、両者の間にはじりじりとした一触即発の雰囲気が漂っていた。

ヒュドラの前にいる騎士たちを見たとき、目が覚めるような赤い髪が目に飛び込んできた。

あの人は……。

「ジュリエットさん！」

「！　シャルル少年か！」

ストレージ・シティを訪れた浮雲のみなさんもいて、知り合いに会えて少しだけホッとできた。

護衛の騎士がジュリエットさんに事情を伝えると、僕たちをゆっくりと前に出してくれた。

ヒュドラの真ん中にある首が、視線だけ僕に向けて話す。

『また人間か……何しに来た……』

「僕はシャルルと言います。お願いです、ヒュドラさんの毒を分けてくれませんか？　解毒薬を作りたいのです」

【毒テイマー】スキルがさらに進化したためか、テイムせずともヒュドラの言葉が聞こえる。

僕たちが話し出したのを見て、周りの人は「ヒュドラと会話しているぞ……」などとざわめいた。


倉庫の中をざわめきが包む中、ヒュドラさんは厳しい視線と声音で話を続ける。

『ならん。あの二人の人間が我に働いた無礼は、とうてい許せるものではない』

一言話しただけで、自分にかかる重力が強くなった気がした。額に脂汗がたらりと滲む。

ヒュドラは自尊心が高く、テイムするには事前の信頼関係が他の魔物以上に大事になる。テイムスキルだって、自分の力の範疇を超えて能力を行使すると、魔物に大きな負担がかかる。程度にも左右されるけど、文献や資料によると熱した鎖で締め付けられるような苦しみとも表現されていた。

このヒュドラさんが受けた苦しみを想像すると、自然と首が垂れる。

「申し訳ありませんでした」

『……なに？』

「僕はあなたを無理やりにテイムした男性の息子で、少年の弟です。父上とダニエル兄さんが申し訳ありませんでした。スキルの範疇を超えた無理なテイムにより、ヒュドラさんを苦しめてしまいました」

僕がアスカリッド家の子どもだとわかるとヒュドラさんの視線はさらに厳しくなり、周りの人たちも息を呑む。

代わりであっても、まずはしっかりと謝りたかった。苦しめてしまったことは事実だから。

ヒュドラさんは何も言わない。

十秒ほどの沈黙の後、下げた頭に重い声が降ってきた。

『……信じられんな。人間は表面的な取り繕いだけはうまい生き物だ。何百年か生きてきたが、誠実な人間にはほとんど出会ったことがない』

ヒュドラさんの言葉は、僕の心に重くのしかかる。

人間の長きにわたる悪い行いが、彼の人間に対する信頼を削っていってしまったのだ。この場ですぐに帳消しにしてくれとは言えないだろうし、なおさら無理やりテイムするのは嫌だった。でも、このままではリディア王女が……。

『シャルルは信頼できる人間だクラ！』

どうすればいいのか考えていたら、静寂を切り裂くように、アンシーの声が倉庫に響いた。

ヒュドラはアンシーに硬い視線を向ける。

『ポイズンジェリー……お前もテイムされた身か。それならば、人間の愚かさがよりよくわかるだろう。自分の快楽のために、我ら魔物を苦しめる存在だ』

『シャルルはそんなことしないし、愚かでもないクラ！　死にそうだったボクを助けてくれたクラよ！』

アンシーが言い終わると、今度はシスター・モナが叫んだ。

「そうです！　シャルルさんは自分の幸せより他人の幸せを優先できる、素晴らしい人です！

シャルルさんは信頼できる人間……それは、メサイア様に誓って言えます！」

「ふ、二人とも……」

彼らの言葉を聞いて、僕は目に涙が浮かぶのを感じた。

——二人がこんなことを言ってくれるなんて……。

助けようとしてくれた気持ちが、すごく強く伝わってくるよ……。

『……ダメだ。同胞たる魔物の言葉は信頼したいが、人間への不信感はそう簡単には消えない。

立ち去れ』

「そんな……」

でも、ヒュドラさんが笑顔になることはなかった。説得がうまくいかない様子を察したのか、
周りの人たちも暗い顔で俯く。

——ヒュドラさんの心を解かすにはどうすれば……。

申し訳ない気持ちと焦る気持ちを懸命に抑えながら考えていると、不意に、倉庫の入り口が
慌ただしくなった。

「「た、大変です、隊長……魔物が……うわっ！」」

騎士たちの慌てた声とともに現れた彼女らを見て、僕は思わず叫んでしまった。

「パンナにニコラ！　それにモローズも！　どうしてここにいるの⁉」

教会にいるはずの……みんながいる。ストレージ・シティとアスカリッド領はとても離れているのにどうして……。

そんな疑問に答えるように、ニコラが教えてくれた。

『ぼくが連れてきたんだよ。シャルルくんのおかげで、全力を出したらものすごく速く飛べるようになったみたい』

『わたしも鞭で頑張って掴まってた……』

『俺ニャまは首に掴まってたニャ』

どうやら、ニコラの飛翔スピードは思っていた以上に大変に速かったらしい。

ニコラたち三人が僕の隣に来ると、ヒュドラさんははるか頭上から彼らを見る。

『その者らも、シャルルとやらがテイムした魔物か。お主らも魔物ならばわかるだろう、人間の凶暴さと愚かさが……』

語るその目に映るのは、深い哀しみの色だ。怒りや憎しみより、哀しみを僕は色濃く感じた。

しばらく誰も話さなかったけど、やがてニコラが静かに話し出した。

『たしかに、世の中には乱暴な人もたくさんいるよ。ぼくだって……前に住んでいた場所ではいっぱい殴られたし蹴られた』

辛い思い出を話す彼の心境を考えると、胸が痛くなった。同時に、酷いことをする人間が心底嫌になる。

過去の話を聞いたヒュドラさんは悲し気な表情を湛え、ため息交じりに言った。

『やはり、何百年経とうが人間は凶暴な生き物なのだな……』

倉庫を重い静寂が包む中、ニコラが真剣な顔で告げる。

『でも……凶暴なのは魔物も同じでしょ？』

『……なに？』

疑問の声を出すヒュドラさんに対して、ニコラは落ち着いた様子で言葉を続ける。

『ぼくたちにも凶暴な魔物と優しい魔物がいるように、人間にも優しい人はいるんだ。全員が全員、怖い人ばかりじゃない。シャルルにテイムされて、ぼくは人間が怖くなくなったよ』

穏やかに語るニコラに続くようにして、パンナとモローズも声を上げる。

『シャルル君のおかげで、わたしは自分が生きていていいと思えるようになったの』

『俺ニャまだって、シャルルに会ってからの方が楽しい時間を送れているニャよ』

アンシー、パンナ、ニコラ、モローズは僕の前に並ぶと、息を合わせて言ってくれた。

『『人間には優しい人もいる』』

僕は……動けなかった。嬉しさと感動で……。シスター・モナは静かに涙を拭い、倉庫の中からはすすり泣きの声も聞こえる。ヒュドラさんはしばし黙っていたけど、先ほどより柔らかい声音で言ってくれた。

『……よかろう、毒を分けてやる。ここまで魔物に好かれる人間は滅多にいないからな』

「ほんとですか、ヒュドラさん！　ありがとうございます！」

『我も威嚇するつもりが毒煙を吐いてしまったのだ。悪かった』

慌てて教会から持ってきた瓶を差し出した。ヒュドラさんの牙から、ぽたりぽたりと漆黒の毒液が垂れる。今まで何種類もの毒を扱ってきたけど、その中でもひときわ強そうな毒だった。

瓶の半分ほども貰えば大丈夫そうだ。

「……ありがとうございました、ヒュドラさん。これだけあれば薬が作れます」

『ベルレアン』

「え……？」

『我の名はベルレアンだ』

ヒュドラさんの顔は、にこりと笑っていた。なんだか、緊張がほぐれた気分だ。

屋敷に戻る時間も惜しいので、今すぐここで薬を精製する。

鞄から紙と羽根ペンを取り出し反転魔法陣を描くと、ベルレアンさんの毒液を真ん中に置いた。精神を集中して魔力を込める。

「生成！」

白い光が毒液を包むと、数秒後には美しい透明に変わってしまった。無事、魔法陣がうまく発動できたのだ。

《ベルレアンの解毒薬》
説明：ヒュドラの毒液から生成された解毒薬。ヒュドラの毒はもちろんのこと、ほとんどの毒を解毒することが可能。

周囲の騎士たちから、感嘆の声が聞こえた。これがあればリディア王女を救うことができる。

ベルレアンさんも、感心した様子で言ってくれた。

『反転魔法陣を見たのは、我も久方ぶりだ。なかなかの薬師だな。小さき者……いや、シャルル・アスカリッドよ。あの少女を救ってやってくれ』

「はいっ！」

僕たちが解毒薬を持って屋敷に急ぐと、医術師たちはすぐにリディア王女のもとに案内してくれた。

リディア王女は医務室みたいに整備された応接間に寝かされており、王様と王妃様もベッド脇にいた。

王様は僕を見ると、跳ねるように椅子から立ち上がった。

「お主がシャルル君か！　部下から話は聞いておる、薬ができたのだな！」

「はい、これです！　お待たせしました！」

「頼む、娘を救ってくれ。もうお主に頼るしかないのだ」

王様と王妃様に促され、僕はリディア王女の近くに行く。

顔や腕には黒い血管みたいな模様が浮かび、呼吸も浅い。ベルレアンさんの毒が広まっているんだ。今年で五歳と聞いており、自分より幼い子どもが苦しんでいる様子は胸が締め付けられた。

いくら薬でもいきなり飲ませては怖がらせてしまうので、まずはそっとお話しする。

「リディア王女、聞こえますか。僕はシャルルと申します。解毒薬をお持ちしました」

「げ、解毒薬……？」

「はい。すでにご用意してあります。こぼしては大変なので、お手数ですがお身体を起こしてくださいますか？」

他の医術師たちと協力して、リディア王女の身体を起こす。薬の瓶とスプーンを渡すと、恐る恐る飲んでくれた。

苦みなどで吐き出す様子はない。反転魔法陣のおかげで、味や風味も飲みやすいように変わったのだ。薬を飲むたび黒い模様は少しずつ薄くなり、僕たちは固唾を呑んで見守った。

五口目をこくりと飲み終わったとき……黒い模様は完全に消えてしまった。リディア王女の頬にも紅が差し、顔色がひときわ明るくなる。

「え……息が楽になった……。胸が押される感じもしない……。治った……治ったよ、パパ、ママ！」

「……リディア！　リディアー！」

王様と王妃様が、ベッドのリディア王女に抱きつく。涙を流す顔は、娘を想う父と母の顔だった。

――元気になって良かった……。

リディア王女たちを見ていると、心の底からそう思えた。ほろりと泣くシスター・モナにハンカチを渡したところで、周りの医術師たちが僕を取り囲み次々にお礼を言ってくれた。

「シャルル様、本当にありがとうございました！　なんとお礼を言ったらいいのか……！　あなたは英雄です！　永遠に国の歴史に刻まれることでしょう！」

「お、おい、あれを見ろ！」

室内が喜びに包まれる中、突然、騎士の何人かが叫び外を指した。応接間に隣接するテラスからベルレアンさんが見え、ジュリエットさんたちと一緒に屋敷の近くに這ってきている。

アンシーやシスター・モナたちと一緒に僕もテラスに出ると、ベルレアンさんがスッ……と頭を僕の前に下ろす。

『無事、少女の毒は解毒されたようだな』

「はい。毒を分けてくれてありがとうございました」

『少女よ。苦しませて悪かった。毒煙を吐くつもりはなかったのだ』

王様と王女様は軽く頭を下げ、リディア王女もぺこりとお辞儀していた。

ベルレアンさんは僕の方を向き直し、真剣な表情で告げる。

『シャルル・アスカリッド、我をテイムしてくれないか？　我にかけられた【ドラゴンテイマー】の効力はもう消えているし、お主の方がスキルの実力は上だと考えられる』

「えっ、いいんですか⁉」

他人がテイムした魔物を再テイムすることはできない。でも、父上たちのスキルの力がすでに消失したとなれば、話は別だ。

『ああ、お主と過ごす時間を送ってみたくなったのだ。人間の中には善人もいるのがわかった。お主のおかげで、我の凝り固まった先入観が解消された』

「ベルレアンさん……」

僕を認めてくれた気分で、心がふわっと軽くなった。黒い鱗に覆われた頭に手を当て魔力を込める。

「【毒テイム】！」

白い光が大きな身体を包み込み、テイムが完了した。

『これからよろしく頼む、我が主、シャルル・アスカリッドよ』

「こちらこそよろしくお願いします、ベルレアンさん」

改めて挨拶を交わすと、周りから拍手喝采が轟いた。ありがたいことに、右も左も僕を讃えてくれる声ばかり。ジュリエットさんも少し離れた所から、サムズアップを送ってくれた。

いつの間にか近くに来たリディア王女が、くいくいと僕の腕を引く。隣には王様と王妃様もいた。

「シャルル殿、我が輩からも礼を言わせてくれ。貴殿のおかげで娘は救われた。心から感謝申し上げる」

「正直、リディアはもうダメかと覚悟を決めていたの……。あなたが来てくれて良かったわ。ありがとう……本当にありがとう」

「あ、いえ！　やるべきことをやっただけですので……！」

王様と王妃様に感謝され恐縮に思っていると、リディア王女が満面の笑みで言った。

「シャルルちゃん、助けてくれてありがとうね」

「……はい、僕も良かったです」

大変光栄に感じ、僕は深く頭を下げる。

「天上天下の毒薬師、シャルル様！　ばんざーい！」

轟く大歓声にじんわりと胸が温かくなっていたら、アンシーとシスター・モナが勢いよく抱きついてきた。

『やっぱり、シャルルなら絶対にうまくいくと思っていたクラ！』

「シャルルさん！　あなたは本当に素晴らしい人です！　メサイア様も天界で拍手喝采しているはずです！　いえ、私にはその光景がしかと見えます！」

二人に続くように、パンナにニコラ、モローズも僕に抱きついた。
『良かったね、シャルルくん……！』
『王女様が救われた！』
『褒めて遣わすニャ！』
僕もまた、大事な仲間たちをそっと抱き返す。
「……みんなのおかげだよ」
アスカリッド家を包む喜びの声は、いつまでも鳴り止まなかった。

間章：エイゼンシッツ辺境伯

シャルルがリディア王女を救ってから、およそ二日後。ビラルはエイゼンシッツ辺境伯当主である、クロヴィスの執務室を訪れた。

「クロヴィス様、ビラルでございます」

「入れ」

ノックをした後、すぐに重厚な声が聞こえ、ビラルは部屋に入る。

奥の机には、一人の男が座っていた。昼の海を思わせる鮮やかな青色の髪に金色の目。逆光で顔には影が差しているが、黄金の瞳だけがやけに浮かび上がって見える。ビラルはその光景に神秘じみたものを覚え、背筋がぞくぞくと震えるのを感じた。

クロヴィスが座る机には女神メサイアの小さな彫像が置かれ、壁のタペストリーはメサイアを讃える神話を描いたものが掛けられている。一見して、メサイア教を信奉していることがよくわかった。

ビラルは机の前に立つと、胸に手を当て話し始める。

「ヒュドラによるリディア王女の暗殺でございますが……残念ながら失敗と相成りました」

「ふむ……詳しく話せ」

そのまま、ビラルは事の経緯を説明する。

計画通り、アスカリッド領でヒュドラは暴走し、リディア王女を毒で苦しめた。だが、シャルルという少年の薬師が反転魔法陣を使って解毒薬を生成し、救ってしまったと……。

クロヴィスは報告を静かに聞くと、ため息交じりに告げた。

「時期尚早という、デビルピア様の思し召しかもしれないな」

「はっ……！」

ビラルは礼儀正しく頭を下げる。クロヴィスが指を鳴らすと、タペストリーの表面が魔法の炎で激しく燃え始めた。

女神メサイアの姿が地獄の業火を思わせる炎で焼かれるにつれ、隠された存在が徐々に明らかとなる。

漆黒の翼にねじ曲がった二本の角、この世の悪が凝縮したかのような巨大な悪魔の姿……魔神デビルピアだ。

クロヴィスはビラルとともにタペストリーの前で跪くと、改めて誓いを立てた。

「デビルピア様……もう少しお待ちください。必ずや、あなた様の望む世界を作り上げてみせますので……」

リディア王女がアスカリッド家を視察に訪れるタイミングで、ビラルがブノワにヒュドラの捕獲を依頼する。貴族の中でも、ブノワ及び息子のダニエルは自己顕示欲の強い男として知られている。苦労して捕らえたヒュドラを、リディア王女に見せびらかそうとするのは容易に予想がついた。

【ドラゴンテイマー】ではヒュドラを完全に支配することはできないので、暴走することは明白だ。毒でなくとも、リディア王女を殺せればそれで良かった。

王女が死ねば、国内は混乱に包まれる。

その隙を狙い部下とともに蜂起し、前線で戦う同胞たちとともにテレジア王国の政権を奪う。この王国を拠点に、全世界を魔神教の支配下に置く計画だった。

結果として、ブノワとダニエルは自分の目論見通り動いてくれたが、とんだ邪魔が入った。

クロヴィスはしばし計画を反芻した後、ビラルに尋ねる。

「ビラル、シャルルという少年が解毒薬を作ったと言ったな。何者だ、そいつは」

「元はアスカリッド家の次男で、【毒テイマー】というテイムスキルを授かり、ストレージ・シティに追放された経緯のある少年です。今はメサイア聖教の寂れた教会で聖女と暮らしております。巷(ちまた)では、天上天下の毒薬師などと言われているようですね」

「ふっ、ずいぶんと大仰な名前だな。まぁ、あながち間違ってもいないか」

「いかがいたしましょう。……殺しますか？ またちょっかいを出されては、計画に支障が出る可能性が……」

ビラルの話に、クロヴィスは思案する。

反転魔法陣を扱える薬師は貴重だ。自分はもう何十年もヨルビ族には出会っていないし、反転魔法陣の話を聞いたのだっていつぶりか思い出せない。

——少年であっても実力は本物というわけか。

毒から薬を作る毒薬師……。

言い換えれば、毒の扱いに長けた人物でもある。殺してしまうのは惜しい。ブノワとダニエルが外れと称した【毒テイマー】も、使い勝手の良いテイムスキルであることには変わりがないのだ。

「……いや、ひとまずは何もするな。それほど有能な薬師であれば、この先利用価値があるやもしれん。むしろ、仲間に引き込んだ方がいいこともあるだろう」

「御意。……そういえば、クロヴィス様。ザガンたちはどうしましょうか。魔神デビルピア様を信仰する同胞ではありますが……」

ストレージ・シティで悪行を働いたとして連行された、悪奪党計十二人の処遇について問われると、クロヴィスは無言でメサイア像のレプリカを燃やした。自分が同胞と認めるのは、品性のある人間だけだ。ビラルは黙礼すると、執務室を後にする。

クロヴィスは窓辺に近寄り、外の景色を見た。空は青く澄み渡り、白い雲が浮かび、眼下には栄えた領地が広がる。

その黄金の瞳に何が映っているのか、それはクロヴィスにしかわからない。

間章：暗闇

テレジア王国の王宮にある、裁判の間。

固く縄で縛られたブノワとダニエルは、その中央で力なく跪いていた。目の前の法壇には何人もの大臣が座り、自分たちのすぐ近くには屈強な衛兵が控える。みな、一様に厳しい視線でこちらを見ており、二人は生きた心地がしなかった。

裁判の間が重苦しい空気に包まれる中、中央の大臣が重い口を開く。

「では、これより裁判を始める。議題はもちろん、リディア王女を殺そうとしたブノワとダニエルについてである。二人にはリディア王女過失致死傷、魔物の違法販売、及びシャルル殿の不当な追放など様々な容疑がかかっている」

大臣はブノワとダニエルが今まで行ってきた悪行を述べる。

ヒュドラの件の他、魔物を裏ルートで違法に売買してきたこと、そしてシャルルを不当にストレージ・シティに追放したこと……。王宮の調査により、全ての悪行が暴かれてしまった。

ブノワとダニエルは弁明する気力もなく、頭を垂れて沈黙するしかない。

取引のあった商人も今後は裁かれるだろうが、ビラルだけは確固たる証拠が残らないよう立ち回っており、ブノワは商人としての能力の高さを見せつけられた気分だった。

罪状と調査の結果について一通り述べると、大臣はひときわ厳しい目で二人の罪人を見る。

「テレジア王国に死刑制度はない。だが、リディア王女の過失致死傷という前代未聞の事件に、死刑を制定する意見も出た。テレジア王国第四王女を死の危険にさらした、極めて重大な事案だからだ」

死刑と聞き、ブノワとダニエルは全身でぶわっと大粒の汗をかく。たしかに大罪ではあるが、心のどこかではせいぜい終身刑だと高を括っていたのだ。死刑が制定されたら、自分たちは殺されてしまう。

縛り首か、石打ちか、火炙りか……。

建国以来初めての死刑となれば、見せしめのため非常に厳しい状況になる可能性もある。どんなに辛く苦しい処分を受けるのか、考えただけで心臓は不気味に鼓動して冷や汗が止まらなかった。

縛っている縄にじんわりと脂汗が染む込むのを感じる中、大臣の言葉がかろうじて二人の耳に入った。

「リディア王女は救われた。よって、死刑の制定も中止となった」

大臣に言われたその言葉は、ブノワとダニエルにかつてない喜びを与えた。拘束されていることも忘れ、二人は思わず顔を見合わせ笑い合ってしまう。

死刑の制定は中止され、極刑を免れたのだから。

絶望的な死の淵から命が救われた安心感を覚え、ブノワもダニエルも大きく安堵のため息を吐いた。

——これで死ぬことはもうないのだ……。

安心しきる二人は、大臣からとある事実を伝えられた。

「リディア王女を救ってくださったのは、お前たちが追放したシャルル殿だ」

「「……え？」」

今度は素の声が出た。大臣は今、何を言ったのだろう。まったく予期しない言葉を言われ、すぐにその意味を理解することができなかった。

リディア王女をヒュドラの毒から救い、また自分たちをも死刑から救ってくれたのは、散々馬鹿にして家から追い出したシャルルだった……ということを理解するまで、ずいぶんと時間がかかった気がする。

呆然としているブノワとダニエルに対し、大臣は処罰を告げた。

「死刑の制定は中止されたが、お前たちの罪が相当重いことには変わりない。よって、王国で最も重い刑罰、〝深底(しんてい)〟に処すことを決定した。お前たちからは爵位も剥奪する。国を導く存在である貴族として、このような愚か者を認めるわけにはいかん」

何の感情も抑揚も籠もらず告げられる、処罰の数々。怒鳴られたり暴言を吐かれたりするより深く鋭く、ブノワとダニエルの心に突き刺さった。

爵位を剥奪されたら、自分はただの人になってしまう。伯爵家であることだけが誇りだったのに……。

いや、それよりも……。

――深底。

深さおよそ百メートルの縦穴に入れられ、死ぬまでそこで過ごす刑だ。一度入ったら最後、日の光はおろか松明の炎さえ目にすることはできない。

――死刑ではないが、死刑に等しい刑罰。

そんなの生き残ったところで死んだも同然だ。ぞっとした二人は、すがるように一歩前ににじり寄った。

「お、お待ちください！　どうか……どうか、深底だけは……！」

すぐに控えていた騎士たちが二人を押さえつけ、最後まで言い切ることはできなかった。

やがて、圧迫により呼吸が苦しくなり、ブノワとダニエルは意識を失った。

◆◆◆

「……うっ」

ブノワは不意に身体の痛みで意識を取り戻した。どれくらい経ったのかわからないが、おそらくそれほど時間は経っていないだろう。最初、ブノワはまだ夢の中にいるのかと思った。目覚めたというのに周りは暗闇だからだ。

しばらくぼんやりとすると目が慣れ、すぐ傍に誰かいるのに激しく驚いた。

「だ、誰だ⁉」

「俺です……ダニエルです……」

謎の人物は息子であることがわかり、ブノワは心の底からホッとする。同時に、ここがどこか気になった。

「ダニエル、私たちは今どこにいるんだ」

「深い縦穴の底です。深底の刑が執行されたんですよ……」

強い衝撃で目が完全に覚めた。本当に刑が執行されたのだ。

しばし唖然（あぜん）とした後、愚息に対してふつふつと怒りが湧いた。ブノワはダニエルに勢いよく掴みかかる。

「ダニエル、お前のせいだぞ！　全てはお前が悪いんだ！　もっとちゃんとヒュドラをテイムしろ！」

父親に罵倒されると、ダニエルもまた激しい怒りを抱いた。

「何を言い出しますか、父上！　あなた……いや、あんたのせいだ！　あんたの計画がそもそも間違っていたんだよ！　【ドラゴンテイマー】でヒュドラをテイムできるわけないだろうが！」

ブノワとダニエルは、暗く深い穴の底で激しい殴り合いを始める。

だが、喧嘩をしたところで何も変わらないことはよくわかっていた。自分たちの脳裏には、あの日の光景が浮かぶばかりだ。

——シャルルを追放さえしなければ、こんなことにはならなかったはずなのに……。

二人の心中には、遅過ぎる後悔の念しかなかった。

第十章：選択

「……シャルルちゃ～ん、アンシーちゃ～ん、どこ～？」

リディア王女の愛らしい声が、遠くから聞こえる。僕はアンシーを腕に抱え、そっと木の陰に隠れた。声の大きさから考えると、僕たちの隠れ場所から少しずつ離れていることが予想できる。このまま隠れていれば見つからないはず……。

「……やっぱり、ここにいた！」

「『えっ、リディア王女！』」

真上から元気な声が降ってきて、顔を上げたら激しく驚いた。なんと、リディア王女が枝の上に乗っている。いつの間にこんな近くに来れたのだろう。

下ろすのを手伝ったら、リディア王女は種明かしをしてくれた。

「わたしのいる場所がわからないように、わざと声を小さくしたんだよ」

「なるほど、そうでしたか。一本取られてしまいましたね」

『策士クラ』

僕とアンシーが褒めると、リディア王女はふふんっと胸を張っていた。

「私もアドバイスいたしましたよ。シャルルさんの居場所はどこにいてもわかりますからね」

「『シ、シスター・モナ！』」

突然、目の前の地面からシスター・モナの生首が現れた。ずるりと出てきた全身を見て、僕とアンシーは心底ホッとする。しかし、ずっと地中に潜伏していたのだろうか……。

「そろそろ休憩しましょ。おやつ食べるの」

リディア王女が僕の手を取り、屋敷へと引いていく。


彼女が毒から回復して、もう三日が過ぎた。

大事を取ってすぐには王宮に帰らず、しばらくアスカリッド家に滞在しているのだ。リディア王女はもうすっかり元気になり、僕やアンシーと鬼ごっこや隠れんぼで遊んでいた。この数日は明るく賑やかで、僕もアンシーも楽しい。

屋敷に帰ると、リディア王女は王様と王妃様に飛びついた。

「パパ、ママ！　またわたしが隠れんぼで勝ったんだよ」

「そうかそうか、良かったじゃないか……ところで、シャルル殿。我が輩たちから頼みがあるのだがよろしいか？」

「はい、王様。何なりとお申し付けください」

姿勢を正して答えると、王様は楽にしなさいと手で合図してくれた。

「お主も知っておる通り、ブノワとダニエルは爵位が剥奪され深底行きとなった。だから、シャルル殿。彼らの代わりにアスカリッド領を治めてくれないか？　次男なのだから、その資格は十分有しておる。お主が領主なら、民たちも安心するはずじゃ」

「僕がアスカリッド領を……」

王様の言葉を聞き、僕の心に緊張が走る。

リディア王女が毒から回復してすぐ開かれた裁判で、父上とダニエル兄さんは今までの悪事を裁かれ、王国で一番重い刑罰の深底という処罰を受けることになった。残念だけど、二人の行いを考えるとしょうがないと思う。

たしかに今、アスカリッド家には当主がいない状況だ。領地の管理など、全てを使用人任せにするのは難しいだろう。

——でも、僕はまだストレージ・シティにいたい。

そんな心の機微を感じ取ったのか、王様は優しく言ってくれた。

「もちろん、ストレージ・シティとの兼ね合いもあるだろうし、ゆっくり考えてもらって良い。我が輩としては、お主が王宮の近くにいてくれると嬉しいがの」

「わたしもシャルルちゃんともっと遊びたいよ」

そう言って、王様と王妃様はリディア王女と一緒に屋敷の奥に行ってしまった。

三人の姿が見えなくなると、シスター・モナとアンシーが僕を強く抱きしめた。

「シャルルさん、もうストレージ・シティには戻ってこないのですか」

『シャルルと離れるのは絶対に嫌だクラ。もしそうなら、ボクもここに残るクラよ』

ストレージ・シティに戻るのか、このままアスカリッド領で過ごすのか……。

僕は今までにないくらいの、重い決断を迫られていた。

アスカリッド家の自室で悩み続けること二日。

あっという間に時間が過ぎてしまった。ゆっくり考えていいとは言われたけど、いつまでも考えていいわけではない。心の中で何度も天秤にかけるものの、どちらかに傾くことはなかった。どっちも大事なのだ。

早く結論を出さなければと思うたび逆に焦ってしまい、さらに結論が遠ざかり、僕は頭を抱えた。

「分身の魔法が使えたらいいのに～」

僕が言うと、シスター・モナとアンシーも険しい顔で呟く。

「まったくです。メサイア様がこの世にシャルル様を二人創造されていれば、こんなに悩まなくて良かったのですが……」

『ここにシャルルの人形を置いとくのじゃダメクラかね？』

いくら悩んでも結論は出ない。でも、悩まないわけにはいかない。

もう～、どうすればいいの～。

ここ二日と同じように部屋の中を三人でぐるぐる回っていると、外から使用人の叫び声が聞こえた。

「「奥様がお帰りになられたぞー！」」

大急ぎで窓に近寄ると、一人の女性がゆっくりと屋敷に向かって歩いていた。黒くて長いしなやかな髪に、黒曜石(こくよう)みたいな美しい瞳。

あの女性は……！

「母上！」

窓から身を乗り出して叫ぶと、母上が笑顔で手を振ってくれた。ああ、やっぱり……母上だ。

うるうるとしていたら、隣のシスター・モナとアンシーもがばっと窓に近寄った。

「シャルルさんのお母様ですって!?　ご挨拶しなければ！」

『ボクも挨拶するクラよ！』

僕たち三人は窓から飛び出し、母上のもとに駆ける。母上も走ってきて、僕は思いっきり飛びついた。

「母上、お久しぶりです！　今日はなんという良い日でしょうか！」

「シャルル、苦労をかけてしまったわね。また会えて嬉しいわ」

母上の優しくて穏やかな声を聞くのは何年ぶりだろうか。抱きしめられているだけで心は満たされ、安心感でいっぱいになる。ああ、話したいことがいっぱいだ。

はやる気持ちを抑え、まずはシスター・モナとアンシーを紹介する。

「母上。実は、僕は授かった【毒テイマー】というスキルを父上とダニエル兄さんに外れと言われ、ストレージ・シティに追放されていたんです。そこで出会ったのが、こちらにいるシスター・モナとアンシーです。二人のおかげで、僕は生きられたようなものです」

「まぁ、そうだったの……。それは辛い目に遭ってしまったわね……。初めまして、シャルルの母、ソニアです。息子が大変お世話になりました」

母上が丁寧にお辞儀をすると、シスター・モナとアンシーも深々と頭を下げた。

「初めまして、私はメサイア聖教のモナと申します。縁あってシャルルさんとストレージ・シティで出会い、聖母の代わりとしてともに暮らしておりました」

『ボクはアンシーという名前クラ。シャルルにはいつも大事にしてもらっているクラよ』

互いに自己紹介をして屋敷に戻ったところで、アスカリッド家の使用人たちが母上を出迎えた。

「「ソニア様、ずっとご帰宅をお待ちしておりました！　またお会いできて光栄です！」」

「あなたたちにも苦労をかけてしまったわね。ずっと、アスカリッド家にいてくれてありがとう」

労いの言葉を聞くと、使用人たちの瞳には涙が浮かぶ。昔から、母上は誰にでも優しく丁寧で、人の立場に立って物事を考えられる人だった。

一通り挨拶が終わったところで、僕は気になっていたことを尋ねる。

「そういえば、母上はどうして田舎から帰ってこられたのですか？」

「ジュリエットさんという方から詳細な手紙が届いたのよ。シャルルの活躍や、ブノワとダニエルの件も知っているわ」

「えっ、ジュリエットさんが……？」

周りにはすでに騎士たちも集まっており、ちょうどジュリエットさんが人混みから現れた。

「失礼だが、リディア王女が回復してから、シャルル少年の身辺を少し調べさせてもらった。あのときは緊急事態だったからな。ソニア殿にも一度来てもらった方が良いと判断した次第だ」

「そうだったんですか……。手紙を送ってくださってありがとうございました、ジュリエットさん」

ジュリエットさんは母上と僕を引き合わせてくれたんだ……。感謝の気持ちで胸がいっぱいになる。

王様たちにも挨拶ということで、母上と僕は応接間に移動した。

母上が跪くと、僕もまたその隣で膝をつく。シスター・モナとアンシーは、部屋の隅で静かに見守っている。王様たち三人は、母上を見ると笑顔で話した。

「アスカリッド夫人、久方ぶりじゃの。ブノワの件は王宮で把握できず悪かった」

「いえ、私も力不足で、シャルルに大変な苦労をかけてしまいました。……ところで、王様。シャルルがアスカリッド家を継ぐ話でございますが、私に任せていただけませんか？　シャルルには、もう少し修行の時間が必要と考えます」

母上の話を、王様たちは真剣な表情で聞く。

先ほど、母上に今の状況――ストレージ・シティで毒薬師として働いていること、王様から王国に戻ってきてほしいと言われたこと、でも僕はまだ辺境にいたいこと……を伝えたら、代わりにアスカリッド領の当主になると言ってくれたのだ。

王様と王妃様は顔を合わせてしばし考える。

――お願い……！　どうか、ストレージ・シティに残らせてください！

心の中で何時間にも思えるくらい祈った後、王様たちは結論を出した。

「……承知した。シャルル殿と会えなくなるのは残念だが、アスカリッド夫人なら問題なかろう」

「あなたならこの領地を正しく導き、発展させてくれるわね」

「ええー、シャルルちゃんから離れるのは嫌だよー」

リディア王女は不満げな声を上げたけど、王様と王妃様は優しくその頭を撫でた。

「シャルル殿にもやりたいことがあるのだ、わかってくれ」

「お父様の言う通りです。わがままを言ってはいけませんよ」

二人に言われると、リディア王女は残念そうにしながらもこくりとうなずいてくれた。

「ありがとうございます、リディア王女」

じわじわと胸に喜びがあふれる。

――ストレージ・シティに戻れる……またアンシーやシスター・モナたちと一緒に暮らせるんだ。

離れ離れにならずに済んだ……。それが、何よりも嬉しかった。

控えていたアンシーたちとも一緒になって喜んでいたら、リディア王女がいつも下げているポシェットから、五、六センチメートルくらいの卵を取り出して僕に渡した。

「シャルルちゃん、これあげる。助けてくれたお礼。まだ渡していなかったから」

表面には紫色をした雪の結晶みたいな美しい模様が浮かび、手に持つとほんのりと温かい。

「ありがとうございます。……あの、これは何でしょうか」

「トキシンペンギンの卵だよ。数ヶ月前、行商人さんがくれたの。群れが移動した後に、この卵だけ取り残されていたんだって」

「ト、トキシンペンギンでございますか⁉」

リディア王女の言葉に、思わず大きな声で驚いてしまった。

常に世界中の海を回遊しており、人前に出ることはあまりない激レアな毒魔物として知られている。彼らが作る毒の混じった氷は非常に美しく、見る者を魅了した。

最近は数を減らしていることもあり希少性が大変高く、等級はあのベルレアンさんをも超えるS+……。卵なんて、どれほど貴重かわからない。

ふるふると震えながら持っていると、リディア王女が話を続けた。

「いつもポシェットに入れて温めているんだけど、なかなか孵らないの。王宮の医術師は生きていることは確かだろうって」

「そ、そうだったのですか」

どうやら、リディア王女はこの卵を持ったまま、鬼ごっこや隠れんぼで遊んでいたらしい。思ったよりお転婆なお方だった。

「シャルルちゃんのスキルで、卵を孵せないかな」

「なるほど……可能性は十分にありますね」

毒魔物なら、僕のスキルがうまく作用するかもしれない。

僕は卵をしっかり持ち、魔力を丁寧に込める。思いっきり魔力を注ぐと割れてしまいそうだ。

「【毒テイム】！」

魔力を込めた直後、卵全体が白い光に包まれる。……でも、しばらく待っても何の反応も起こらない。やっぱり、生まれてからじゃないとダメなのかな……。

そう不安に思ったとき、卵のてっぺんがパキッと小さく割れた。

『ピルゥ～！』

「「……う……生まれたー！」」

「シャルルちゃん、すごーい！」

一瞬の静寂の後、室内にみんなの歓声と拍手が響く。卵から現れたのは、灰色のふかふかした頭に、二つのつぶらな黒い瞳、とんがったくちばし……まさしく、ペンギンの赤ちゃんだ！

王様も王妃様も、パチパチと拍手して誕生を讃えてくれた。

「さすがじゃ、シャルル殿！　お主なら孵化できると思っておったぞ！」

「こんな可愛い赤ちゃんだったのねぇ！　リディアが生まれた頃を思い出すわぁ！」

トキシンペンギンの赤ちゃんは殻から抜け出すのに苦労していたので、そっと取り出してあげた。

ぷるぷるっと小さな頭を振ると、首をかしげて僕をジッと見つめる。あまりの可愛さに心が浄化されていると、隣のアンシーがこそっと僕に言った。

『シャルルのことをお父さんだと思っているみたいクラね。トキシンペンギンは生まれてすぐ見た生き物を親と考えるって聞いたクラ』

「お父さんかぁ……嬉しいな。それにしても、アンシーは詳しいね」

『同じ海洋魔物だクラね』

僕が赤ちゃんのお父さん……なんかすごい嬉しい。これから、僕がこの子を育てていくのか。

しっかり育て上げなければ、と気が引き締まる思いだ。

シスター・モナも、それこそ聖母のごとく優しい瞳でトキシンペンギンの赤ちゃんを見る。

「なんだか、シャルルさんに似ていますね。出会った頃を思い出します」

もしかしたら、自分が教会を訪れたとき、シスター・モナもこんな気持ちだったのかな。不思議な感慨深さを感じる。

「……そうだ、名前を決めてあげないと。でも、どんな名前がいいんだろう……」

「シャルルさんのおチビさんということで、チルルさんではどうでしょうか」

名前を悩んでいたら、シスター・モナが提案してくれた。

――僕のおチビさんのチルル……。なんて素敵な名前なんだ。

シスター・モナに微笑み返し、僕は手の平に乗る小さな命を撫でた。

「これからよろしくね、チルル」

『ピォッ！』

チルルの甲高い鳴き声が響き、僕たちから微笑みが零れる。

また……新しい仲間ができた！

第十一章：日常

「……ほら、そんなに集まっちゃチルルも怖がるよ」

『『だってぇ～』』

　僕の腕の中にはチルルがいて、周りにはアンシーとパンナとニコラが所狭しと集まっている。顔が当たりそうなほどにぎゅうぎゅうだ。

　チルルはみんなを見ると、ちょこっと首をかしげた。

『……ピゥ？』

『『……可愛い～！』』

　庭にアンシーたちの身悶えする声が響く。

　アスカリッド領から帰って、もう二週間ほどが過ぎた。チルルもすくすくと成長しており、もう二十センチメートルくらいの大きさになった。

　最初、ベルレアンさんを紹介すると、街の住民たちはヒュドラということでびっくりしていたものの、すぐに打ち解けた。ベルレアンさんは身体が大きいので、周囲の森を少し切り開いた場所を用意してある。自然が近くにあって気持ちいいとのことだ。

【毒テイマー】スキルで付与された副次的効果は、魔力の大きな翼。いつでも好きなときに空を飛べる。ずっと空を飛んでみたかったらしく、子どもの頃からの夢が叶ったと感謝された。

モローズは僕たちの近くにおらず、シスター・モナに焼いてもらったクッキーをベルレアンさんに見せていた。

『ベルレアン様っ、お菓子を持ってきましたニャッ。マカロンでございますニャッ』

『別にいらないが……』

『さようでございましたかっ。それでは、私が食べさせていただきますニャッ』

モローズは僕やシスター・モナからお菓子を貰うたび、まずは献上品としてベルレアンさんの所に持っていく。

いつもと同じいらないという返事を聞くと、今度は揉み手をしながらチルルの所にやって来た。今や、これもすっかりお馴染みの光景だ。

『チルル様はまだ赤ちゃんですので、お菓子は食べない方が良さそうでございますニャね』

『ピィル？』

彼の媚びへつらいをチルルはよくわかっていないようで、いつも首をかしげる。どうしてまだ赤ちゃんなのに媚びるのか聞いたら、『今から媚びておけば将来良いポジションにつけるからニャ』……とのことだった。

モローズが満足げにマカロンを食べる様子を見ていると、教会から嬉しそうなシスター・モナがこちらに来た。

「チルルさん、今日もメサイア様の素晴らしさをお教えしますからね。……遡ること数千年、この世は闇に包まれ……」

『ピォ？』

シスター・モナは英才教育として、チルルにも毎日ありがたい説法をしてくれる。ということは、チルルを持つ僕も拘束されるわけだ。

他に変わった点と言えば、マティさんからやけに立派な手紙が届いた。その手紙で知ったけど、彼女はテレジア王国の隣にある大国ロザヤ帝国が誇る名家、グランジュ侯爵家のご令嬢だったのだ。「マティさん、侯爵令嬢だったの⁉」とみんなで激しく驚いたのは記憶に新しい。

グランジュ家は花の栽培で有名で、植物の病気の薬を作ってほしいと頼まれた。詳細は改めて文書を送ってくれるらしい。睡眠薬やフレグランスパウダーのお礼として、五〇〇万テレジアもの小切手が同封されており、それも大変に驚いた。何はともあれ、またマティさんに会えるのは今から楽しみだ。

メサイア様の偉業について復習に復習を重ねる中、小さな白い鳩が足下に舞い降りた。足には丸まった手紙が括りつけられている。きっと、伝書鳩だろう。鳩は僕の周りをとことこと歩く。

『もしかして、シャルル宛てじゃないクラか？』

「ええ、私もそう思います」

「受け取ってみます。今度は何でしょうね」

手紙を受け取ると、伝書鳩は『くるっくー』と満足げに鳴いて空に飛び立った。シスター・モナやアンシーたちと一緒に読んでみる。

〔シャルルちゃん　お元気ですか？　リディアです。今度遊びに行くからね。あと、王宮は毎日シャルルちゃんのお話で持ちきりだよ〕

……なんと、リディア王女からの手紙だった。今度遊びにこられる旨が書かれており、王宮は天上天下の毒薬師の話でいっぱいだとも。恥ずかしいやらなんやらだ……ちょっと待って！

「あ、遊びに来る⁉」

「シャルルさんはどこにいても有名になってしまうんですね。保護者たる私も誇らしいです」

『ボクもリディア王女にまた会いたいクラ』

忘れがちだけど、第四王女なんてとんでもなく偉い人なので、遊びに来るだけでも大変なことだ。薬師（毒薬師）としての活動もあるし忙しくなりそう。

みんなでひとしきり手紙を読むと、シスター・モナがパンッと手を叩いた。

「さて、みなさん。今日は何をして遊びましょうか」

シスター・モナの優しい声に、僕たちは思い思いの遊びを伝える。

ここには人々や魔物たちの笑顔しかない。
みんなを見ていると、僕の心も太陽のように輝いた。
――大好きなみんなと楽しい毎日を過ごせて……僕は本当に幸せ者だ。

あとがき

読者の皆様、初めまして。作者の青空あかなと申します。

この度は本作、『ちびっこ転生【毒テイマー】ののんびり異世界ぐらし～ふしぎなもふもふと特殊スキルで、みんなを救う万能薬師になりました～』をご購入くださり誠にありがとうございます。

本作は異世界転生と追放物が掛け合わさったスローライフ作品で、主人公シャルルは十歳の少年です。シャルルは代々、強力なテイマースキルを所持してきた伯爵家の出身でありながら、授かったのは【毒テイマー】という毒魔物しかテイムできないスキルでした。

父と兄から〝外れ〟と言われ実家を追放されてしまい、たどり着いたのが辺境の街。そして、そこで出会ったのが、教会にいる聖女のモナと毒魔物のアンシーでした。とあるきっかけで、シャルルは薬関係の仕事に就いていた前世の記憶を取り戻した後、転生したこの世界で薬屋を営むことを決意します。人々の幸せのために、そして自分を拾ってくれたモナのために。

作中には毒から生み出されたいろんな薬が出てきます。虫除けクリームや解熱薬に傷薬……。どれも辺境で暮らす人々の生活を大いに助け、シャルルはテイムした毒魔物と楽しく暮らしながらも、周囲の人たちにとって欠かせない人物へと成長していきます。

伯爵領に比べたら、決して豊かな環境とはいえず治安も悪い辺境の街。それでも懸命に、毎日を大切に生きるシャルルたち。そこでの賑やかで楽しい暮らしには、お金などでは測れない価値があるのだと思います。

さて、すでにイラストや本編を見られた方はご存知かもしれませんが、本作には相棒となるクラゲ魔物アンシーの他、多種多様な毒を操る魔物たちが出てきます。

毒と薬を通して、彼らと心を通わせていくシャルル。魔物の中には人間を良く思わない種族もいて、一筋縄ではいかないことも多々あります。

でも、シャルルは最後まで諦めません。魔物の心に寄り添い歩み寄る彼は、優しくも強い心の持ち主なのだと実感します。

そんな可愛いシャルルたちの、健やかで明るくのんびりした辺境スローライフを一緒に楽しんでいただけたら嬉しいです。

それでは、最後となってしまい恐縮でございますが、謝辞を述べたく思います。

本作に華麗で心奪われる本当に美しいイラストを描いてくださったイラストレーターのkonoike様、刊行に向けて多大なお力添えを賜った編集担当様、グラストＮＯＶＥＬＳ編集部様、本作の出版にご尽力いただいた関係者の皆様方、そして何よりも、本作をご購入いただいた読者の皆様方へ心より感謝申し上げます。本当にありがとうございました。

青空（あおぞら）あかな

ちびっこ転生【毒テイマー】ののんびり異世界ぐらし
～ふしぎなもふもふと特殊スキルで、みんなを救う万能薬師になりました～

2025年1月24日　初版第1刷発行

著　者　青空あかな

発行人　菊地修一

発行所　スターツ出版株式会社

〒104-0031　東京都中央区京橋1-3-1　八重洲口大栄ビル7F
TEL　03-6202-0386（出版マーケティンググループ）
TEL　050-5538-5679（書店様向けご注文専用ダイヤル）
URL　https://starts-pub.jp/

印刷所　大日本印刷株式会社

ISBN　978-4-8137-9411-0　C0093　Printed in Japan

［青空あかな先生へのファンレター宛先］
〒104-0031　東京都中央区京橋1-3-1　八重洲口大栄ビル7F
スターツ出版（株）　書籍編集部気付　青空あかな先生